大
方
sight

帝王之沙
三部曲

Mia Couto
Mulheres de Cinza
灰烬女人

AS AREIAS DO IMPERADOR
TRILOGIA

[莫桑比克]米亚·科托——著 刘莹——译 闵雪飞——校译

中信出版集团 | 北京

图书在版编目（CIP）数据

灰烬女人 /（莫桑）米亚·科托著；刘莹译. -- 北京：中信出版社，2023.10
ISBN 978-7-5217-5864-1

I.①灰… II.①米…②刘… III.①长篇小说－莫桑比克－现代 IV.①I471.45

中国国家版本馆 CIP 数据核字（2023）第 123900 号

Copyright © 2015 by Mia Couto
By arrangement with Literarische Agentur Mertin Inh. Nicole Witt e. K., Frankfurt am Main, Germany
Simplified Chinese translation copyright © 2023 by CITIC Press Corporation
ALL RIGHTS RESERVED
本书仅限中国大陆地区发行销售

灰烬女人

著者：［莫桑比克］米亚·科托
译者：刘　莹
出版发行：中信出版集团股份有限公司
　　　　　（北京市朝阳区东三环北路 27 号嘉铭中心　邮编　100020）
承印者：河北鹏润印刷有限公司

开本：880mm×1230mm 1/32　　印张：7　　字数：186 千字
版次：2023 年 10 月第 1 版　　印次：2023 年 10 月第 1 次印刷
京权图字：01-2020-0536　　书号：ISBN 978-7-5217-5864-1
定价：52.00 元

版权所有·侵权必究
如有印刷、装订问题，本公司负责调换。
服务热线：400-600-8099
投稿邮箱：author@citicpub.com

引　言

　　本书为加扎国末世三部曲的第一部。加扎国是非洲帝王统治的第二大帝国。恩昆昆哈内（葡萄牙人称贡古尼亚内）是统治莫桑比克南半部全部领土的最后一位帝王。1895 年，莫西尼奥·德·阿尔布开克带领葡萄牙军队击溃恩昆昆哈内。他被流放至亚速尔群岛，1906 年在岛上逝世。1985 年，皇帝的遗骸回到莫桑比克。

　　有人说，骨灰盒里装回来的，不是帝王的遗骸，而是沙粒。葡萄牙人的死敌，留下的却是从葡萄牙土地上收来的沙子。

　　本故事为真人真事启发下进行的虚构再现。故事创作基于莫桑比克与葡萄牙的大量文献资料，尤其参考了在马普托、伊尼扬巴内进行的多次访谈。感谢所有受访者，特别感谢阿丰索·席尔瓦·丹比拉。

但似乎由于我们的罪过，或者因为上帝某种不可捉摸的审判，他派天使驻守在广袤的埃塞俄比亚的所有入口，那是我们的必经之路。天使挥动燃烧着致命热病之火的宝剑，阻止我们趟进上帝花园里的泉水，黄金之河从泉眼汩汩流出，奔向大海……

——若昂·德·巴罗斯

第一部
灰烬女人

道路是一柄剑,
刀刃撕裂大地的身体。
不久以后,
我们的国家将疤痕丛生,
变成一幅太多伤口画出的地图。
我们将为这些创伤感到自豪,
而不是为尚可拯救的完好躯体。

目录

1_ 第一章　挖星星

12_ 第二章　中士的第一封信

17_ 第三章　大地的纸张

28_ 第四章　中士的第二封信

32_ 第五章　倾听河水的中士

41_ 第六章　中士的第三封信

46_ 第七章　蝙蝠的翅膀上

55_ 第八章　中士的第四封信

59_ 第九章　死者的消息，生者的沉默

70_ 第十章　中士的第五封信

76_ 第十一章　飞蛾的罪

83_ 第十二章　中士的第六封信

87_ 第十三章　誓约和承诺

97_ 第十四章　中士的第七封信

100_ 第十五章　化为灰烬的国王

106_ 第十六章　中士的第八封信

112_ 第十七章　地上的闪电

122_ 第十八章　中士的第九封信

125_ 第十九章　白的马，黑的蚁

137_ 第二十章　中士的第十封信

141_ 第二十一章　灰烬做的哥哥

158_ 第二十二章　中士的第十一封信

164_ 第二十三章　没有翅膀的蝙蝠

172_ 第二十四章　中士的第十二封信

175_ 第二十五章　故土、干戈、入土、放逐

187_ 第二十六章　中士的第十三封信

193_ 第二十七章　手的飞翔

203_ 第二十八章　中士的最后一封信

206_ 第二十九章　水路

第一章
挖星星

母亲说：生活就像一根绳子。要不停地编织，直到分辨不出线和手指。

每天清晨，伊尼亚里梅平原都会升起七个太阳。那时，苍穹更为广阔，能容纳所有活着的或死去的星星。我的母亲赤身裸体，仿佛已经睡熟，手里拿着一个筛子出门。她要去挑选最好的太阳。母亲用筛子装着剩下的六个太阳，带回村子，埋在我家屋后的白蚁巢旁边。那是我们埋葬星星的墓地。有一天，如果有需要，我们会去挖出星星。因为这份财富，我们并不贫穷。这话是我的母亲希卡齐·玛夸夸说的。在我的母语里，可以称她为妈妹。

如果有人来拜访我们，会发现这份相信另有原因。我们在白蚁巢里埋葬新生婴儿的胎盘。蚁丘上长着一棵桃花心木[1]。我们在树干上绑上白布，和我们的逝者交谈。

然而，白蚁巢和坟墓不一样，它是雨的守护者，里面居住着我们的永生。

---

[1] Mafurreira，指纳塔尔桃花心木，拉丁名 Trichilia emetica，盛产于莫桑比克南部，其果实可食，种子可用于炼油。——译者注，下同。

一天清晨，母亲筛过太阳后，一只靴子踩上了太阳，她挑中的那个太阳。那是一只军靴，和葡萄牙人的一样。不过这回，穿军靴的是皇帝恩昆昆哈内派来的恩古尼士兵。

皇帝们渴望土地，他们的士兵是吞噬国家的大口。那只靴子踩碎太阳，将其化成千万块碎片。天变黑了，往后的日子也是如此。七个太阳死在了士兵的靴子下。我们的土地遭受着蚕食。没有星星喂养梦想，我们学会了贫穷。我们也失去了永恒，渐渐了解到，永恒只是**生活**的另一个名字。

◯

我叫伊玛尼。他们给我的甚至都不是一个名字。在我的母语里，"伊玛尼"的意思是"是谁"。你敲敲门，门里面的人会问：

"伊玛尼？"

这个问句就是我得到的身份。仿佛我是一个没有身体的影子，永远在等一个答案。

在我的家乡恩科科拉尼，据说新生儿的名字取自出生前听到的一声低语。母亲的肚子里不仅织造了另一个身体，还编织出一个心灵，即一个莫亚。在黑漆漆的子宫里，莫亚由逝者的声音交织成形。其中一位先祖会请求新生命继承他的名字。就我而言，祖母悄悄告诉我，我的名字是拉耶卢阿内。

依照传统，我们的父亲去卜了一卦。他想知道我们有没有正确理解这位先祖真正的意愿。他没料到的是，占卜师没有肯定这个名字的正当性。父亲只得去问了第二位占卜师，他拒绝了一英镑的收费，好心地向父亲保证一切正常。然而，出生后的头几个月里，我一直哭个不停，家里人得出结论，我的名字起错了。他们找到我们家族的占卜师罗西舅妈。舅妈用魔骨占卜后，肯定地说："这个孩子呀，不是名字起错了，是她的命途呀，得修正一下。"

父亲放弃了给我起名，让母亲接手。她给我起了个名，叫"灰烬"。没人明白为什么起这名字，实际上，也没叫上多久。我的姐姐们都死了，被大洪水冲走了。之后，我开始被喊作"活着的女儿"。这么叫我，仿佛劫后余生是我唯一与众不同的特质。父母亲会叫我的兄弟们去看看"活着的女儿"上哪儿去了。这不是一个名字，只是不想说明其他女儿已经死去的一种方式。

后来的故事更令人费解。某天，我的老父亲想了想，终于忍不住插手。我有了个不算名字的名字：伊玛尼。世界的秩序终于得以重建。命名是权力的行使，是对他人的领地最初和最明确的占有。我的父亲强烈反对别人的帝权，自己却化身为一个小皇帝。

我不知道为什么在这件事上解释了这么久。因为我生来不是为了成为一个人。我是一个种族，一个部落，一个性别，是一切阻碍我成为我自己的事物。我是黑人，我来自乔皮族，一个莫桑比克沿海的小部落。我的族人敢于与恩古尼人的入侵作斗争。那些战士来自南方，驻扎下来的样子仿佛他们是世界的主人。在恩科科拉尼，人们说，世界如此广阔，没有人是它的主人。

然而，我们的土地被两个可能的所有者争夺：恩古尼人和葡萄牙人。因此，双方结怨已深，陷入交战：因为他们的意图一模一样啊。恩古尼军队人多势众。他们的魂灵更加强大，在两边的世界发号施令。我们的土地从中间劈开，一边是恩古尼首领恩昆昆哈内统领的加扎国；另一边是王室属地，那里的统治者是一个非洲人未曾谋面的君主：葡萄牙国王卡洛斯一世。

邻近我们的其他部落适应了从南方而来的黑人侵略者的语言和习俗。我们乔皮人是为数不多的聚居在王室领地的部落。在与加扎国的冲突中，我们和葡萄牙人结成联盟。我们人少，靠自尊和科科洛护卫着村庄，科科洛是我们在村庄四周立起的木墙。因为这些围墙，村子变得很小，甚至连石头都有名字。在恩科科拉尼，所有人都喝同一口井里打的水，一滴毒液就足以杀死整个村庄。

❧

一次又一次，母亲的尖叫声把我们惊醒。她在睡梦中尖叫，以梦游的步伐在家中徘徊。那些梦魇的夜晚，母亲带领全家踏上无尽的旅程，穿过沼泽、溪流和幻境，回到我们出生的那个海滨老村。

恩科科拉尼有句话是这样说的：如果你想了解一个地方，就和不在那里的人谈话；如果你想了解一个人，就听听他们的梦。而那就是母亲唯一的梦：回到我们曾经幸福安详的地方。这思念是无限的。话说，哪一种思念不是无限的呢？

我的幻想完全不同，我既不尖叫，也不梦游。但是没有一个夜晚我不梦到自己做了母亲。今天，我又梦见我怀孕了。我隆起的肚子堪比圆月。这次的情况却与分娩相反，是我的孩子把我从身体里赶走了。或许胎儿都是这样做的：他们与母亲分离，从这具模糊却一致的身体中撕裂出去。我梦里的孩子没有脸和名字，在剧烈而痛苦的抽搐中脱离我的身体。我醒来时浑身是汗，背部和腿部疼痛难忍。

后来我明白了：这不是梦。是祖先的到访。他们留下口信，警告我，我已经十五岁了，现在做母亲已经晚了。在恩科科拉尼，我这个年纪的女孩都已经怀孕了。只有我，似乎受到命运的审判，注定干涸。终究，我不只是一个没有名字的女人，也是一个没有人的名字。一个拆开的包裹，像我的子宫一样空空如也。

                        ଊ

在我们家，只要有孩子出生，就不会关窗户。其他村里的人家则相反：哪怕是最热的时候，母亲都要用厚布把孩子包得严严实实，围在房间的阴暗处。我们家则不然：在新生儿第一次沐浴前，门窗都是大开的。这样粗蛮的暴露，实际上是在保护孩子：新生儿要沉浸在阳光、声音、黑暗里。自**时间**诞生的时候就是这样：只有**生命**才能帮我们抵御生活。

1895年1月的那个早晨，打开的窗户让人以为一个孩子刚刚出生。我再次梦见自己是一位母亲，整个房子里弥漫着新生儿的气息。过了一会儿，我隐约听见扫帚断断续续扫地的声音。醒来的不仅仅是我，那细碎的声音吵醒了整个房子。那是母亲在打扫院子。我走到门口，看着她，优雅纤瘦，弓着身子，摇摇摆摆，仿佛在跳舞，然后化成了尘土。

葡萄牙人不明白我们为什么热衷于打扫房子周围。在他们看来，打扫房子内部就够了。他们从没想过清扫院子里散落的沙土。欧洲人不明白：对我们来说，外面也算是里面。家不是房子。家是死者庇佑的地方，这些住客不区分门和墙壁。因此，我们要打扫院子。我的父亲从来不认同这个说法，他觉得这太过牵强。

"扫地的原因比这实际：我们想知道晚上有谁进出此地。"

那天早上我们唯一发现的是一只辛巴的脚印，这种"大猫"叫斑貘，总在夜深人静时摸进鸡舍。母亲去数了数，一只母鸡也没少。"大猫"的失败加深了我们的失败：要是我们看到的话，一定会抓住它。斑貘斑斓的皮是威望的象征，很受欢迎。没有比这更好的礼物来讨好大首领了。尤其是敌军的长官，因为装饰过多，都失去了人形。制服的作用也在于此：让士兵远离人性。

扫帚利落地抹去了夜晚的放肆。"大猫"的印记几秒内消失了。扫完地后，母亲顺着小路离开，去河里取水。我看着她穿着鲜艳的布衣，优雅而挺拔,渐渐消失在树林里。村里女人中,唯独我和母亲不穿西万尤拉,一种树皮做的衣服。在葡萄牙军人杂货店买的衣服遮住了我们的身体,却让我们暴露在女人的嫉妒和男人的觊觎之下。

到了河边,母亲拍拍手,希望得到靠近的许可。河流是魂灵的居所。她在岸边俯身,小心查看是否有鳄鱼潜伏。村里人都相信这些大蜥蜴有"主人",它们只听主人的命令。希卡齐·玛夸夸将水罐口对着河口方向,顺着水流取水。当她准备回家时,一位渔夫给了她一条肥美的鱼。她用布把鱼包住,系在腰间。

眼看快要到家,意外发生了。一队恩古尼士兵从茂密的树丛中冲了出来。希卡齐退后几步,想着自己刚从鳄鱼那儿逃脱,却撞上更凶残的野兽。1889年战争以后,恩昆昆哈内的军队不再游荡在我们的土地上。六年间,我们享受着和平,以为它可以一直持续下去。但和平只是苦难土地上的一抹幻影,会随着时间的推移而消逝。

士兵包围了我们的母亲,很快发现当他们说祖鲁语时,母亲能听懂。希卡齐·玛夸夸出生在南部,她的母语和侵略者的语言很接近。她曾经是布因热拉人,这是一群走在前面,清除杂草上露珠的人。这是侵略者给那些在草原上为他们开路的人取的名字。我和我的兄弟们就是这样混杂的历史和文化的结晶。

几年后,这伙强盗盛气凌人地回来了。他们再次激起了旧日的恐惧,围住我的母亲,像少年一样仅仅因为人多而莫名兴奋。希卡齐挺直了腰杆,坚定而优雅地举着头顶的水罐。她以这样的方式在陌生的侵略者面前显示自己的尊严。士兵们感觉受到羞辱,想要羞辱她的意愿也更为强烈。他们立即打翻水罐,尖叫着庆祝水罐摔到地上。看着溅出的水浸湿了女人瘦弱的身体,他们大笑起来,接着毫不费力地撕破了她已经破损湿透的衣服。

"不要欺负我。"她哀求道,"我怀孕了。"

"怀孕？这么大年纪？"

他们盯着布料底下的小小突起——那里面藏着渔夫送的鱼。他们再一次一脸的不可置信：

"怀孕？你？几个月了？"

"我怀孕二十年了。"

她想告诉他们，她的孩子从未离开她的身体。五个孩子全都在她子宫里。但是她忍住了。她小心翼翼地在衣物下摸索包好的鱼。士兵们盯着看她在裹裙下面摸索，游走在身体隐秘之处。没有人注意到，她用左手抓住突出的鱼背鳍，割破右手的手腕。鲜血淌下，她半开双腿，仿佛在分娩。她把鱼从布料下拿出，仿佛鱼是从她肚子里出来的。她用鲜血淋漓的双臂举起鱼，大喊：

"这是我的儿子！我的孩子生下来了！"

恩古尼士兵们惊恐地后退。这个女人不简单。她是诺伊，是巫女。没有什么比她生下来的东西更不祥。对恩古尼人来说，鱼是一种禁忌的动物。现在，和这不祥之物一起出现的，是更为不洁的女人的血。女人的血可以污染全世界。这股浓稠暗浊的油顺着她的双腿往下流，染黑了周围的土地。

事情的发展让一众敌人局促不安。据说很多士兵逃跑，因为他们畏惧生鱼的巫女。

☙

大约正午时分，我的母亲希卡齐·玛夸夸回到家，衣裳破烂，心力交瘁。她站在门口平静地讲述发生的一切，没有一滴眼泪。鲜血从她的手腕滴落，一滴一滴地拼凑出整个故事。我和父亲听着，不知该做何反应。终于，她在洗手的时候，发出一声模糊不清的呢喃：

"必须做点什么。"

我的父亲卡蒂尼·恩桑贝皱了皱眉，反驳说：沉默和闭嘴才是最好的回应。我们是一个被侵略的民族，最好保持低调。乔皮人已经失去了属于我们和我们祖先的土地。要不了多久，入侵者就会踏上我们埋藏胎盘和星星的墓地。

母亲固执地反驳："鼹鼠才活在黑暗里。"

父亲摇摇头，轻声回答：

"我喜欢黑暗。在黑暗中，你不会注意到世界的缺陷。我做梦都想变成鼹鼠。生活在这样的世界里，我们只能感谢上帝把我们变成瞎子。"

母亲发火了，一边大声叹气，一边凑近火堆，搅动乌苏阿[1]。她用指尖蘸了一下，假装测试锅里的温度。

"有一天，我会和鼹鼠一样，全身盖着土。"父亲咕哝着，提前感叹自己的宿命。

"所有人都会的。"母亲说。

"过几天我就去矿上。我要和我父亲一样，离开这儿去南非过活。我要离开。"

这不是一个预告，而是一种威胁。他从口袋里掏出一撮烟草和一张旧卷烟纸，开始慢悠悠地卷烟，细致得像名外科大夫。村子里没有一个黑人能像他这样吹嘘自己的卷烟技术。只有他。他以国王的姿态靠近火堆，抽出一根木炭，点燃卷烟。他挺直腰杆，扬起下巴，对着妻子漠然的脸吐出一口烟。

"你呀，我亲爱的希卡齐，你明知侮辱鼹鼠就是在冒犯我死去的父亲。"

母亲哼起一首古老的歌谣，一支传统的恩戈多曲。这是女人的哀歌，抱怨自己生来守寡。父亲恼羞成怒，气愤地离开了。

---

[1] 乌苏阿（ushua），一种酒。

"我现在就走!"他大声说。

他想表明他也受伤了,妻子不是唯一流血的人。他走出自己的影子,去到巨大的白蚁巢边上,在那儿,他相信他的不在会让他变得更加显眼。

我们一开始还见他在家附近转悠,后来渐渐走远,往山谷去了。他手里的烟闪着微弱的火光,就像世界上最后一只萤火虫,慢慢隐没在黑暗里。

∽

我和母亲坐着,沉浸在只有女人才能编织出的沉默中。她干瘦的手指拨弄着沙土,似乎在确认与大地的亲密关系。她的声音里有一种泥土的口音,问我:

"你从葡萄牙人那里带酒回来了?"

"还剩下几瓶。你怕父亲打你吗?"

"你也知道,他喝完酒就打人。"

父亲如何调和体内两个完全不同的灵魂一直是无解之谜。清醒时,他像天使一样温和。一旦喝醉,他就变成最恶毒的人。

"不敢相信父亲从不怀疑你撒谎。"

"我撒谎了吗?"

"当然了。他打你的时候,你都疼哭了。难道这不是骗人?"

"这个病是秘密,你父亲不会怀疑的。他打我的时候,以为我的眼泪是真的。"

希卡齐·玛夸夸感觉不到疼痛,这是天生的病症。她的手上、胳膊上时常有烧伤,令她丈夫感到奇怪。不过,他以为妻子不疼是因为从弟媳罗西那儿求来了护身符。只有我知道那是天生的缺陷。

"母亲,那另一种痛苦呢?"

"哪种？"

"心痛。"

她笑了，耸了耸肩。哪有什么心？她的两个女儿都死了，两个儿子也都离开了家，她还能有什么心？

"你母亲也挨打吗？"

"祖母、曾祖母、曾曾祖母，从女人是女人以来就一直如此。你也要准备好挨打。"

女儿不该反驳长辈认定的事情。我学着她的样子，在手心里捧起一把沙子，任其如瀑布般撒下。依照我们的习俗，红沙是孕妇的食物。我的人生浪费的红沙从我的指缝中滑落。希卡齐·玛夸夸打断了我的思绪：

"你知道你的祖母是怎么死的吗？"没等我回答，她接着说，"被雷劈死的。她是被雷劈死的。"

"你为什么现在想起这回事来？"

"因为我也想这么死去。"

这是她想要的结局：没有尸体，没有重量，没有一丝一毫可以埋葬。仿佛没有痛苦的死亡会抹去生命中所有的苦痛。

☙

只要下起暴风雨，母亲就会跑出去，站在田野里，举起双臂，模仿一棵干枯的树。她等待着致命的闪电。灰烬、尘土、烟尘，她梦想着成为这一切。这是她期望的命运：成为一团混沌的尘埃，轻盈到可以让风带她周游世界。祖母的愿望是我上一个名字的由来。母亲想叫我记住这点。

"我喜欢灰烬。"我说，"不知道为什么，它叫我想起天使。"

"我给你取这个名字是为了保护你。如果你是灰烬，没有什么能让你疼痛。"

男人可以打我。却没有人可以伤害我。这就是那个名字的用意。

她用手耙地：四条沙河在她的手指间翻滚。我默默不语，她手中落下的灰尘将我埋葬。

"现在去找你父亲吧。他是在嫉妒我们。"

"嫉妒？"

"嫉妒我，因为我没有把注意力全都放在他身上。嫉妒你，因为你接受了神父的教育。你属于一个他永远无法进入的世界。"

她解释说，男人就是这样：他们害怕女人开口说话，更害怕女人沉默。我的理解是：我的父亲是一个好男人。他只是害怕自己没有其他男人那样的权威。

"你父亲出去的时候很生气。女儿，你得知道，妻子能对丈夫说出的最糟糕的话就是让他必须做些什么。"

"我去找他。"

"别忘了酒。"

"别担心，母亲。我已经把酒藏起来了。"

"不，女儿。带一瓶酒去给他喝！"

"你不怕他之后打你吗？"

"这头老倔驴可不能在林子里睡觉。不管他醒着还是醉着，都把带他回来。其他的事再说。"

母亲再次陷入悲伤，像回到圈栏里的家畜。我正要上路，她又说：

"求求他让我们去马科马尼生活吧。求他带我们回海边。他听你的话，求求他，伊玛尼，看在上帝的分上！"

第二章
中士的第一封信

洛伦索·马贵斯[1]，1894 年 11 月 21 日

尊敬的若泽·德·阿尔梅达参事：

卑职热尔马诺·德·梅洛中士，奉命指挥恩科科拉尼哨所，在与敌国加扎交界之处，代表葡萄牙的利益。这是我第一次向您报告。为免叨扰，我将集中报告您应当了解的事项。

我在兰丁叛军袭击的前夕抵达洛伦索·马贵斯。城市在清晨遭到袭击：子弹呼啸而过，城里的黑人、印度人、白人骚动不安。我在市中心一个意大利女人开的旅馆落脚。旅馆的客人敲着我的房门，声泪俱下地恳求我在旅馆门口保护他们。他们头天晚上看见我穿着制服、带着枪入住。我就是从天而降来保护他们的天使。

旅馆的老板是一位叫作比安卡的意大利女士。她控制住了局面，将受惊的住客引到阁楼，锁上了门。随后，她邀请我陪她到露台上，在那里可以看见大半个城市。城里硝烟四起，靠近河口的地方有枪声和爆炸声。我们发现这场土人入侵几乎未遇反抗。

很快，唯一的抵抗据点就剩下洛伦索·马贵斯要塞。劫掠者在街上横

---

[1] 莫桑比克首都马普托旧称。

行无忌,他们是兰丁人,而不是人们一直宣称的瓦图阿人。在击溃城里所有防线后,开始洗劫商店和小摊,但是没有杀更多的人,因为如果这样,大家就不会赞同他们了。我们待在旅馆里,逃过了黑人的洗劫,他们以为所有葡萄牙人都逃到了要塞。

我们在露台上眼看着末日的到来,有一幕令我印象深刻:两个葡萄牙人,一个着军装,一个着便装,穿过重重浓烟策马而来。我更好奇穿便装的那个人,他只有一只胳膊,只能靠腿部力量支撑在马上。他剩下的一只手不仅要抓着缰绳,还要时不时地射上一枪。旅馆老板娘认出他是席尔瓦·马内塔,一个逃兵,跑到德兰士瓦,在那儿装填炸药的时候出过一次事故。他回到了莫桑比克,因其英勇行为,逃兵罪得以赦免。

跟在席尔瓦身后的军人骑着一匹白马,有节奏地跑着。两个人拉开了距离,一群挥舞着矛和盾的黑人围住这位英勇的军人。军人陷入了绝望,他连发几弹,直到子弹用尽。骑士眼见包围圈越来越小,猜到了会有什么结局等着他,朝自己头上开了一枪。白马被枪声吓着了,猛然加速,飞奔而去。向前跑了一会儿后,马儿放慢了步伐,这样,尽管骑士的头都要掉下来了,却仍能稳坐在马鞍上,而鲜血如泉水一般喷涌而出。就这样,马儿缓缓徐行,直到消失在迷雾之中。我想,这场死亡行军会一直继续,离开城市,迷失在非洲腹地,直到自杀者的尸体只剩一架枯骨,在孤独的马背上摇摇欲坠。

炮声将我从悲惨的胡思乱想中惊醒。我们停靠在圣灵湾的船只正在轰炸城市。那是我们最后的防守。感谢上帝,我们成功了。黑人士兵撤退,身后留下一地废墟和混乱。

但令人不解的是,为了从敌人手中解救自己,我们不得不轰炸自己的城市,葡萄牙东海岸属地最大的城市。我住的旅馆也遭到了炮轰。旅馆的女主人靠在破损的墙壁旁绝望地痛哭,她知道无法向任何人要求补偿。比安卡哭得很厉害,都没有注意到倒塌的墙边躺着一具葡萄牙士兵的尸体。

我跪在他身边，用一块布盖住他。我看见他的小臂上有一个文身，是一颗心，在那颗心上有几个字："母亲的爱！"比起死人，这个文身更让我难过。

关于这场降临在洛伦索·马贵斯的灾祸，您将会收到更简明的报告。我建议您设法了解周边部落叛乱的真实原因。请不要仅仅停留在常规的信息源。我从各种渠道得知，王室特派员要求一个叫亨利·朱诺德的瑞士传教士撰写一份报告。报告根据黑人基督徒的叙述起草，他们指出的叛乱原因对我们不太有利。建议您看一下这份报告。

不论真正的原因是什么，我在非洲的亮相不能再糟糕了。在旅店的露台上，意大利女人让我在几分钟内目睹了我已经产生怀疑的事：我们的领土，我们如此盛赞的"王室属地"，实际上充斥着无序的管理和败坏的道德。几个世纪以来，我们从未真正出现在这些领土的大多数地方。而在我们真正出现过的土地上，情况甚至更糟，因为代表我们的往往是流放者和罪犯。我们的官员没有一个认为我们有能力打败贡古尼亚内和他的加扎国。

新任王室特派员安东尼奥·埃内斯任务艰巨，敌人众多，困难重重。大部分军人对他不满，认为他只是一个平民，是一个作家和记者。另一方面，我们的特派员也得不到来自王宫的支持或回应。王室已自顾不暇。海军与殖民地部派给他们的军事顾问对非洲一无所知。再多一些像您这样在莫桑比克、安哥拉和几内亚深耕多年的人就好了。我谦卑地请求您不要让我失去永久和宝贵的建议。

因为所有这些动乱，我惴惴不安地前往五百英里[1]外，位于伊尼扬巴内广大腹地的恩科科拉尼。我希望可以信守承诺，将未完工的哨所改造成真正的军营。我希望可以派给我一支安哥拉土著队伍，协助我快速、保质保量地完成任务。

1　1英里约合 1.6 千米。

比安卡和我们的许多军官都交情匪浅,她告诉我,我应该忘记许下的承诺。在她看来,我只在表面上是个军人。她说,只要一看我平和的目光,就可以确信这点。撇开对我轻率的评价不谈,事实上她列举了其他支持她草率意见的理由。她问我对谁负责,我坦率地告诉她,我的上级是若泽·德·阿尔梅达参事。她笑了,打趣地说:"你连一枪都不会开。他们不朝你开枪就谢天谢地了。"

她还说自己认识一些人,他们一直在等一个承诺的军职。告别之际,比安卡保证会去恩科科拉尼看我。她一定会去,因为听说莫西尼奥也被派遣到伊尼扬巴内。她想再见见他,仿佛她的人生再无其他命运。

我总在思考比安卡的预言,担心它确有其事。这里的所有人都知道我过去是个共和派,所有人都清楚我为什么出现在非洲。我参与了1月31日波尔图起义[1],这对比安卡女士来说也不是秘密。大多数起义者被判处无期徒刑,因而我无法抱怨我的审判结果。我被判处流放至伊尼扬巴内的偏远腹地。审判者盼望的是,那儿是一座没有囚笼的牢狱,所以比任何监狱更叫人窒息。然而,他们还谨慎地给我安排了一个虚假的军事任务。比安卡说得对,这身军装下的并不是一个士兵,而是一个流亡者,无论如何,接下了职位。但我没有任何机会为孱弱、苍老的葡萄牙献出生命。正是这个葡萄牙迫使我离开葡萄牙。我的祖国是另外一个,它还没有诞生。我很清楚,这种宣泄已经大大超出了报告应有的基调。但是,我希望您理解我身处于绝对孤独之中,这份孤独已开始夺走我的辨别能力。

最后说明一下:今天上午,王室特派员接见了我,进行了一次简短的礼节性会谈。他没有说太多,但是告诉了我他有两位亲信被选派到莫桑比克:上尉费莱雷·德·安德拉德和中尉派瓦·科塞罗。他甚至还说,与我

---

[1] 1891年1月31日,波尔图共和党人发动叛乱,希望推翻葡萄牙的君主政府,建立共和国。叛乱没有成功。

会见之后，他和他的两位忠实顾问将立即起草所谓的"殖民地南部地区行动计划"。连艾雷斯·德·奥内拉斯和爱德华多·科斯塔都没有受邀。我认为这个细节有必要向您禀报。

虽然他很忧虑，但有那么一刻，安东尼奥·埃内斯脸上闪耀着喜悦的光芒，快乐从那副无法掩盖轻微斜视的眼镜后一闪而过。在向我展示派瓦·科塞罗的电报后，这份喜悦更为明显。电报里说，马拉奎内已改名为路易莎镇，以纪念特派员的爱女。当他想起我们在更北部建起了一座以阿梅莉亚王后为名的村镇，他的内心中点燃了同样的光芒。显然，里斯本所有王室成员，只有阿梅莉亚王后费心鼓励这位被遗弃的特派员。我们的国王和里斯本的其他贵族连一句安抚的话也没有。我们可怜的王国，既无法掌管此处，也无法管理葡萄牙。可怜的葡萄牙。

对不起，阁下，请原谅我冗长而悲切的个人告解。相信您能理解我，因为我视您为父亲，我得承认，我一直缺少父亲的庇护。

第三章
大地的纸张

荣誉的陷阱就是这个：英雄取得的胜利越伟大，就越被过去追捕围困。过去将吞噬现在。不论他获得多少功勋，又将得到多少奖章，最后唯一剩下的奖牌，终究是悲伤而致命的孤独。

等我出发去接父亲时，影子已经很长了。我的腋下夹着一个篮子，一瓶葡萄酒在里面晃晃荡荡，发出咕咚咕咚的声音，标签上可以看到用粗体字母写的"给黑人的酒"。满月映亮了沉睡的夜色。我的双脚追踪着老卡蒂尼方才在沙地里留下的脚印。在村子里除了他，还有谁穿靴子？没过多久，我惊讶地发现，他已经走得很远了。我颤抖的呼喊声渐渐微弱，没有回音，更没有回答：

"父亲！父亲！？"

后来，我走到了一个被遗忘的空地上。它看起来像一块耕地。我的父亲在那儿刨地，证实了这块土地的用处。唯有乔皮族的男人和妻子一起耕作土地。事实上，我的父亲花在酿酒上的时间更多。

我走近他，发现那个从远处看像是锄头的东西，其实是一根尖头的棍子。他不是在锄地，而只是用棍子在地上划来划去，仿佛在一张无边的画布上作画。

"我在书写。"他感觉到我走近。

"书写?"

"又不是只有你会写字……"

"父亲,你写了这么多,都是什么?"

"所有在战争中死亡的人的名字。"

我看着地面,他翻开的土地一直延伸到地平线外。然而,即便月色明亮,沙土上的潦草字迹依然难以辨认。

"那谁会读这些呢?"

"上帝!"

他用棍子随意指向一处。那是一个空泛的手势,比他的声音还要模糊。他口齿不清地重复:"上帝!上帝会读!"他转起圈,之后似乎被一股莫名的力量推倒,歪坐在地上。

"你母亲……"

他没说完,仿佛突然失明,找不到词语。这样的失明总是在他谈到女人的时候发生。他咀嚼着沉默,好似咀嚼一颗苦果。然后他就这样一动不动,一副战败的样子。

浮云遮住了月亮。写在地上的死人的名字被黑暗吞没了。他再次开口:

"你来找我么?告诉你母亲,我不回去。她得学着尊重我。我是丈夫。不仅如此,我还是恩桑贝家族最年长的人。"

"父亲,我给你拿了这个。母亲叫我拿来的。"我递过酒瓶。

他的脸庞亮了起来。他用牙咬开了瓶塞,慢慢地,以一种隆重的姿态,在沙地上洒下头几滴酒。然后他便畅快地喝了起来。他啜饮着,仿佛喝酒是世上唯一能做的事情。他那瘦骨嶙峋的双手不停地转动酒瓶,似乎想把酒晃晕在摇篮里。自制的标签上,字迹已经模糊,只剩下"黑"字。我的父亲没有颜色,但是,他喝得越多,颜色便越黑。我害怕他也被黑夜吞噬,向他伸出手,想拉他一把。他触到我的手指,问我:

"你在害怕吗,伊玛尼?"

我点点头。他受到触动，想安慰我。我会像母亲一样，害怕他喝多吗？

"所有人都说我是酒鬼。你了解我的，你觉得我喝的是什么？"

"我不知道，父亲。你喝葡萄酒，喝恩索佩酒。你喝的东西太多了。"

太多这个词也无法准确形容。老卡蒂尼什么都喝。有一回，他喝完了一整瓶从中士家偷来的古龙水。我们不得不把他弄醒，屋子里整晚都散发着他呼出的香水味。显然，他对此另有说法：

"我是一个孤独的男人，我很害怕。你母亲不理解。我只喝人，喝别人的梦。"

在我们家，喝酒的习惯由来已久：喝酒是为了逃离一个地方。我们喝醉了，是因为无法逃离自我。

☙

最后，我的老父亲昏睡过去。我蜷在他身边，不在乎他呼出的酒气。我向他寻求安全感，事实却恰恰相反：他是我们之中最脆弱最无力的那一个。

一群鬣狗渐渐壮起胆子，包围了我们的藏身之处。越像人的动物越让人害怕。鬣狗似乎比我父亲醉得更厉害。

鬣狗阴森恐怖的齐吠让卡蒂尼的潜意识中起了警惕。他头昏脑涨地惊醒，走进灌木丛，背对着我，撒了一泡长长的尿。这不只是生理需要。他用尿液标记了他的小帝国的边界，然后使劲挥手，呼号了几声。鬣狗群发出老鸨一般的大笑，跑远了。

☙

在我们的土地上过夜的人都知道，知了沉寂下来时，另一个夜晚就开始了。新的黑暗是如此厚重，连睡梦也迷失了方向。四周寂静无声，父亲听着，说：

"现在上帝也睡了。"

"走吧，父亲。我们回家吧。我害怕。"

"先让我处理好最后一个。"

"什么最后一个？"

"最后一个死者。"

他缓慢而谨慎地写下他父亲的名字，祖父特桑贾特洛。我心里打了一个寒战，绝望地跑向他，拽住他的长臂：

"别这样，父亲！"

"住嘴，伊玛尼。这是一项仪式。你年纪太小，不该待在这里……"

"祖父没死！"

"他死了。毫无疑问。"

"有人看见尸体了吗？"

"矿井里没有尸体。都是土、石头和人，活着的和死了的人：土地里面都是土。"

CR

他絮絮叨叨，然后我们拣了一条小路，朝黎明细微的光亮前进。我们刚走到第一片空地，就被林中传来的声音吓了一跳。短短几秒，五六个说着祖鲁语的人就围了上来。不消他们开口，耳洞和系在头发上的蜡冠已经充分表明了他们的身份。他们是恩古尼士兵，显然想吓唬我们。父亲低声对我说：

"你刚刚不是害怕野兽吗？这会儿真正的鬣狗来了。"

我们害怕这是一群廷比西，恶名远扬的军团，被皇帝用来杀人。廷比西是祖鲁语,意思是"鬣狗"。围住我们的人没有佩戴那些该死的军团的典型装饰品:挂在胸前的两只山羊角。还好,这些强盗只是普通的士兵。他们来征税,声称是欠他们的。最魁梧的那个人怀疑我们听不懂他们的话,伸直手,几乎戳到卡蒂尼的脸上:

"听着,老家伙:我们是来拿兽皮的。"

"给谁?这些兽皮?"

"还能给谁?给土地的主人,恩昆昆哈内皇帝。"

"可我们已经交了兽皮。"

"交给谁了?"

"白人。"

"哪个白人?"

"葡萄牙人。"

"葡萄牙人已经不管这里了。"

"我们不知道。之前葡萄牙行政官来收过兽皮。现在我们已经没有再多的兽皮了。除非你们想要我们的人皮。"

"好好找找。恩昆昆哈内可不想知道你们违抗命令。这个姑娘呢?"他指着我问,"这是谁家的姑娘?"

士兵们围住我,开始拉扯我,摸我的大腿。令我惊讶的是,父亲站了出来,他的胸膛如此宽阔,手臂如此之长,就像保卫我们村子的围墙。

"这是我女儿!"

"或许她是你女儿,但是她的身体已经开始发育了。话说,你们俩在暗处干什么?"

"谁也不能碰我的女儿!"

卡蒂尼·恩桑贝的姿态与怒火是让对方无法接受的辱骂。一个恩古尼人满脸恨意地逼近我们。他摆好姿势,大叫着向我老父亲踢来,突然,他乱了脚步,跌倒在地。他在沙地上挣扎了一会儿,无法起身。其他人只得上来扶起他。这时我才发现,那个士兵是在踩到地上的名字时摔倒的。其他恩古尼人也注意到沙地上的异常。他们一齐疯狂地踩踏地上的字。他们再次指向我,发誓说:

"下回我们会把这个礼物献给恩昆昆哈内。你们也知道,加扎之狮在每个地盘都有一个处女。或者需要我提醒你吗?"

他们往地上啐了一口,骂骂咧咧地走了。沙地上,口水沸腾成毒辣的咒语。远处仍能听到士兵们大声嬉笑。毫无疑问,他们是鬣狗。或者更甚,他们是一群只能在杀戮的狂喜中才能感觉到活着的生物。

◌

终于,只剩下我们两个人,我的老父亲愤怒极了,身形都高大起来。他踮起脚,一边转圈,一边用葡萄牙语喊话:

"你们有枪,但我有这片土地,上面写着死者的名字。小心我……"

他喃喃自语,仿佛在咀嚼毒药:"畜生,你们的语言里甚至都没有'纸'这个词。"他拄着棍子,匆匆走上回家的路。我跟着他,快步穿过露水打湿的小路。

"别在家提起这件事,这只会让你母亲更加恼火。还会激起你舅舅穆西西的好斗心。"

有那么一刻,我觉得他们把我掳走也没有那么糟糕。他们会带我去见一位国王,选我做他的新娘。然后,我会成为妻子。最后,我会成为母亲。身为王后,身为母亲,我的权力比恩古尼人大,这样我会为族人带来和平。我的兄弟会回家,姐姐也会死而复生,我的母亲也不会再在黑暗中梦游。

这位人人敬畏的君主,尽管建立了如此庞大的帝国,或许也只是一位孤独患者。也许,爱是恩昆昆哈内追寻的唯一帝国?或者说,在这么多年的战争中,他其实另有所图,想找到一个像我这样的女人,拥有无限爱的能力。这就可以解释他无数次的婚姻了。据说,国王的妻子多到让他觉得全世界的小孩都是他的子女。问题在于,如果我出现在他的王宫,他会接受我作为妻子,还是他的女儿?还是说,他会下令处死我,增加人民的恐惧,巩固王位的根基?

∞

在我们这儿,孩子的嬉笑或者哭喊能让人们知道自己正在走近一座村庄。此时,我们离村子还远,却已经听到了这些声音。早在我们进入村子之前,孩子们的吵闹声就传到了我们耳中。

希卡齐·玛夸夸在家门口等我们回来。即使在远处,我也能看出她这回也喝酒了。她料到丈夫醉得一塌糊涂,走上前,指着他:

"你不喜欢我,卡蒂尼!"

"谁说的?"

"那为什么你只有我一个老婆。那些男人都娶了好几个……"

"我又不像那些聪加人,像囤牲口一样讨老婆……再说,我们选择了成为文明人,不是吗?"

"那是你选的。就是因为你的选择,我们的儿子离开了我们……"

"我们还有伊玛尼。"

"伊玛尼会走的。何况,她已经不在这儿很久了。"

母亲说得好像没看见我一样。我走近一些,碰碰她的胳膊:

"我在这儿呢,母亲。"

"你已经离开了,女儿。你用葡萄牙语和我们说话,睡觉时头朝西。就在昨天,你还提起了你的生日。"

我是在哪儿学会计算时间的?她说,年和月有自己的名字,而不是数字。我们给时间取名，就像对待会生会死的众生一样。我们给月份取果实的名字，道路尽头的名字，鸟和穗子的名字。还有别的，很多名字。

更为严重的是我的异化：如果我做了什么与爱情相关的梦，既不会用我们的语言，也不会和我们的族人在一起。这是我母亲说的。她停顿了很久，接着问卡蒂尼：

"老公，你知道我最大的愿望。我希望我们回到海边。在那儿，我们远离战争，平静地生活。为什么不回去？"

"老婆，你的问题本身就错了。问题应该是我们为什么离开那里。而答案，你知道的，你为此感到恐惧。这恐惧比你的愿望更强烈。"

他起身，踉跄了一下，抓住妻子的胳膊。他看起来像是在寻求支撑，实际上却是推她进屋。我也回了房。我躺下，用裹裙遮住脸，害怕茅草屋顶塌下来。房子是饥饿的活物。夜晚，它们吞噬住在里面的人，却留下跌跌撞撞的梦，就像我喝醉的父亲。我家的房子比其他任何一座房屋都更贪得无厌。整晚，我们看见死去的人进进出出。房子在黑暗中吞噬我们。黎明时分又把我们吐出。

☙

我的兄弟是我剩下的半个世界。可他们却住在离家很远的地方。所以我们的家庭被撕裂成两半。我的母亲梦想回到大海。我梦想我的兄弟回家。晚上，我叫着他们的名字醒来：杜布拉和穆瓦纳图。我坐在黑暗中，眼前不断浮现孩提时我们一起的场景。

杜布拉从小天资聪颖。他取了一个祖鲁语名，这个选择已经预示了他对恩古尼侵略者们莫名其妙的倾慕。杜布拉是"射击"的意思。他出生的时候，父亲等得失去了耐性，抄起一把老式步枪，朝天花板打了一枪，就给他起了这个名字。父亲后来道歉，解释说当时过于紧张。事实上，正是那声枪响加速了孩子的出生。杜布拉是一阵惊吓、一簇火花的产物。他像雨一样,是惊雷的儿子。

和大哥不同,小弟穆瓦纳图迟钝而笨拙。他从小就迷恋葡萄牙人。我父亲鼓励他这样做。他年幼时,父亲就送他去参加教会活动。他还和我一起上了教会的寄宿学校。回来之后,他就更加呆里呆气了。父亲叫穆瓦纳图去给中士热尔马诺当助手,他之前在杂货店老板那里干过这份活。他日夜待在军营里,从未回来看我们。他有时去站岗,装作在葡萄牙人的家门口巡逻。葡萄牙人给了他一件旧的军大衣和一顶西帕依士兵[1]的帽子。他喜欢这身军装,并不知道他的打扮成了路过的葡萄牙人的消遣。穆瓦纳图是一幅人物速写,一张士兵漫画。他的努力令人唏嘘,从来没有人如此认真地对待一件事。然而,从来没有人沦为他这样的笑柄。

除了军服之外,他还被捆绑在一个承诺上:有一天,他可以乘船去里斯本,在当地的一所军校上学。对他来说,这次旅行是归途。是回归"自己人"身边。穆瓦纳图对葡萄牙王室的忠诚让我们家人蒙羞。我的父亲却有不一样的看法:我们受到葡萄牙王室的保护,而那种忠诚,不论是真的还是装出来的,都给了我们极大的好处。

❧

我两个兄弟之间的差异代表了分隔线两边的两个阵营,它离间了我的家庭。时局艰难,我们不得不选择效忠的对象。大哥杜布拉不需要选择。生活为他做出了选择。依照古老的传统,他尚是孩子时,就听命于启引仪式。六岁时,他被带进林子里接受割礼,学习关于性爱和女人的事情。他在林子里住了几个星期,全身涂满龙爪茅的汁液,避免任何活人或死人发

---

[1] 非洲黑人士兵。

现自己。每天清晨，母亲会给他送来食物，但她不会进入启引者集聚的林子。如果一个女人闯入禁地，将会永远厄运缠身。

自从杜布拉逃离家园、流离失所，同样的禁忌再次上演。据说他每晚都睡在林子里的不同角落。在黎明的昏暗中，哥哥会在我们院子周围转悠，他知道母亲会偷偷在白蚁巢穴高处留一盘食物。父亲在沙地里发现的脚印，不是野兽的，而是他亲儿子的脚印。

小儿子穆瓦纳图则学习了文字与数学。他接受的是白人的仪式，是天主教的、葡萄牙式的。母亲曾警告说：他被赋予的灵魂已经不再坐在土地上了。他学的语言并非一种说话的方式。那是一种思考、生活和做梦的方式。我和他在这一点上是一样的。母亲的担心显而易见：我们吃下了太多葡语，口中已装不下任何其他语言。而我们自己也会被这张口吞噬。

如今，我觉得母亲的担心是对的。小儿子看见的文字，对她来说是蚂蚁。她梦见蚂蚁从纸上爬出，啃食阅读者的眼睛。

༺༻

我有很多次想起杜布拉最后的来访，就好像他从来没有从我的世界里消失过。记得那个遥远的午后，我走进家门，看见大哥背对门坐着。细微的光照在他肩上，淋漓的汗水闪闪发光。走近一看，我发现：那不是汗。是血。

"是父亲干的吗？"我抽泣着问他。

"是我。"他答道。

我害怕地靠近他，转过他雕像般的身体。浓稠的血液从他的耳朵慢慢流下。

"为什么，杜布拉？"

他耳垂上的裂口显而易见：杜布拉在他的身体里刻下了新生。他不再属于我们。他成了恩古尼人，成了与那些否认我们存在的人一样的人。我抱住他，仿佛再也见不到他了。或者我已经看不见他了。我求他在父亲回来之前离开。

我注视着他瘦削的背影慢慢消失在路上，我的双手滑到胸前，仿佛也失去了自己。那一刻，我感觉到哥哥的血顺着我的皮肤流下来。

第四章
中士的第二封信

希科莫，1894 年 12 月 15 日

尊敬的若泽·德·阿尔梅达参事：

　　首先请您准许我汇报我与王室特派员会面的情况。请接受我最真诚的道歉。我的叙述绝对没有偏见，不带任何对安东尼奥·埃内斯的个人感情。我完全没有意识到您与王室特派员之间的不和。我现在知道你们的矛盾由来已久，可以追溯到 1891 年王室特派员第一次访问莫桑比克。我绝不会插手你们之间的事，我将保持对您的完全忠诚，甚至远远超过上下级的职责。

　　然而，我不能不向您转达安东尼奥·埃内斯的反应。我和他谈起了我将在恩科科拉尼服役，那里的人民不惧风险和牺牲，一直支持我们，我将和他们并肩战斗，他表现出了不快。显然，他的反感不是针对我，而是针对您，针对您与加扎国的谈判，特派员认为谈判过于缓慢。尽管特派员没有明说，他明显在怀疑您对贡古尼亚内太过让步。他还抱怨旷日持久的等待会严重影响我们军事行动的效力。最后，他还批评了伊尼扬巴内军事长官爱德华多·科斯塔，在他看来，上校只是在找借口推迟进攻。

　　"拖延对我们可能是致命的。"这是埃内斯的原话。他继续说了更多，恶意揣测您的良好意图。他直白地说："……若泽·德·阿尔梅达这人总

是置国家利益于不顾！"他暗示您为贡古尼亚内谋取利益，使我们不战而败。他说，如果我们的特遣队在城市驻扎太久，既不愿也无力派驻队伍深入敌人内部，我们将输掉战争。我们将陷入怠惰和恐惧的重围，忍受热病和等待的绝望，最终死在自己的营地里。我们的欧洲敌人，尤其是英国人，将拍手叫好，因为我们证实了葡萄牙在非洲殖民的无能。战争需要战士，而派给我的却只有文员，安东尼奥·埃内斯哀叹道。所有这些都是特派员所言。我觉得有必要在这份篇幅已经越来越长的报告中详述这一切。

请您理解，作为一名军人，我不能对安东尼奥·埃内斯的论点无动于衷。的确，输掉一场战争最坏的方式就是永远等待战争的发生。必须说，我们在马拉奎内、库乌莱拉以及马古尔的胜利是鼓舞士气、提升在当地人心中形象的重要一步。在我前往恩科科拉尼的旅途中——我之后会讲述这段旅程——我在许多地方碰见了数不清的当地首领，他们在光荣的战争过后，改变了效忠对象。如今，他们投向了我们。但是需要说明，我们打败的是瓦图阿人，他们是恩古尼人的奴隶。我们并没有战胜贡古尼亚内的军队。要打败那位君主，还有很长的路要走。

现在我来讲讲恩科科拉尼之行。在令我既着迷又恐惧的腹地跋涉了两周后，我们昨天抵达了希科莫。每经过一片林子，我就想象里面藏有陷阱。每天晚上在黑暗中，我都怀疑有埋伏。对于要死的人来说，被凶猛的野兽或是不驯的黑人袭击，有什么区别呢？

我得承认，尽管有所担心，一路上我并没有遇见大麻烦。经过黑人村庄时，我惊讶地发现黑人小孩一见到我们就尖叫着逃跑。母亲们惊慌失措，抓住孩子们的胳膊，把他们拽回茅屋。其实只消部落首领的一句话，就足以打消这种惊慌。在一些地方，他们知道我们是来和贡古尼亚内打仗的，最开始的害怕甚至转变为热烈的欢迎。但一个问题困扰着我：他们为什么如此害怕白人？如果说大部分人害怕我们是因为之前从没见过欧洲人，那我能接受。但是，那种害怕只能和受难者的害怕相提并论。

于是，我陷入更深的沉思：黑人怎么看我们？我们的到来造成了什么后果？我很明白，作为士兵，这些疑虑本不应该困扰我。对一个军人来说，我的问题可能太多了。我可能永远不会成为一名士兵。至少就现在的政权而言。但这并不是因为我是一个坚定的共和党人。我也说过原因，我不是自愿加入军校的。我们家没有给我任何选择。我的家人把我和打包好的行李留在军校门口，之后再也没来看过我。哪怕是现在他们也不知道，甚至不想知道我的下落。是军队教育了我。军队也会管好我的后事。

我在希科莫营地过夜，从那儿寄出这封信。我还有幸见到了桑切斯·德·米兰达长官。听他讲述在非洲的见闻，我不禁自问：我们的官员中，谁还能这么了解非洲人？我们怎么能管理那些我们不认识的人呢？如果我们对敌人几乎一无所知，又怎么能打败他们？

我跟桑切斯谈起我们刚到时引起的恐慌。他微笑着说：我们还以为黑人吃人呢，他们的恐惧与我们没什么不同。他们觉得我们才是食人族，以为我们要把他们带到船上，在公海吃掉他们。欧洲人和非洲人之间区别太大了。没有人怀疑我们的种族更优越，即便是可怜的黑人。然而，尽管生活在大洋两岸，我们的恐惧却是如此相似！

桑切斯·德·米兰达长官还说，他读了关于洛伦索·马贵斯遇袭的报告，认为报告中有很大的问题。袭击我们的不是贡古尼亚内的军队。我们此刻的敌人是一些聪加首领，不是加扎的瓦图阿人。没有贡古尼亚内士兵，都是编造的。桑切斯·德·米兰达自问：为什么我们总这样固执，不去搞清情况？那些人泾渭分明，我们为什么非得把他们放在一个筐里？

最后说说这位伟大的葡萄牙人，勇敢的桑切斯·德·米兰达。当地人认为他是迪奥克莱西亚诺·达斯·内维斯，也就是著名的马凡巴切卡的儿子。您应该很清楚，迪奥克莱西亚诺是一位深受黑人尊敬的旅行家和商人，他和贡古尼亚内的父亲穆齐拉关系密切。这是个美好的误会，而桑切斯·德·米兰达明智地没有澄清。相反，他还表示，迪奥克莱西亚诺在病榻上向他袒露了心迹。而作为爱子，他向可怜的父亲保证将对得起他的非洲遗产，尊重兰丁人给父亲起的别名马凡巴切卡，在黑人的语言中，它的意思是"快乐的行路人"。黑人认为这两位葡萄牙人长相相似，对我来说并不奇怪。我注意到我们所有人都蓄小胡子，留一样的发型，因此，一个黑人还问我是不是葡萄牙人生下来就有小胡子。

桑切斯·德·米兰达声称自己是已故迪奥克莱西亚诺·达斯·内维斯的儿子。他显然无视了迪奥克莱西亚诺本人会强烈反对这种利用。他还无视自己的假想父亲在政治上多么疏远我们当局，反对政府最高权威，反对继续黑奴贸易。他也不知道迪奥克莱西亚诺多么厌恶洛伦索·马贵斯城。我在文件中找到了一段迪奥克莱西亚诺的话，他提到这座城市时不带任何赞赏。在此仅摘取一段："……洛伦索·马贵斯是用一点沙子和很多烂泥做的；每半个月就完全被大潮淹一次。可怜的住户吸入飘散的恶臭，毒气侵入肺部。三年之内，去那儿的欧洲人死了三分之二；剩下的则苟延残喘，可能对自己对国家再无用处。"

我也为离开这座肮脏的城市感到开心。明天我要和您的助手马里亚诺·弗拉加塔会合，我们将一起乘独木舟顺伊尼亚里梅河而下。要好几个小时才能到达最终目的地。我希望在那儿可以振作起来，勇敢地完成给我的任务。

最后，据说恩科科拉尼有一个乔皮家庭对我们很热爱，在我们与那个贡古尼亚内恶魔的战争中全力帮助我们。这个天主教家庭的家长已经派了一儿一女听我调遣，他们都说葡语，接受葡式教育。感谢上帝，赐予我这一及时的帮助。

第五章
倾听河水的中士

> 幸运的是那些从人类变成野兽的人。不幸的是受命杀人的人,更不幸的是那些无人授意却杀人的人。而最可悲的,是那些杀戮之后,看着镜子,还相信自己是人的人。

我记得中士热尔马诺·德·梅洛来到恩科科拉尼的那一天。其实,在那天就能看出,这个葡萄牙人和所有其他来过的欧洲人不同。下了独木舟后,他迅速卷起裤腿,自己走上岸。其他白人,无论是葡萄牙人或英国人,都由黑人背上坚实的大地。他是唯一一个不要这项服务的。

当时,我带着好奇心走近。中士穿着沾满泥巴的靴子,比实际上看起来更高大。最吸引我注意的是笼罩在他脸上的阴影。他的眸色如此浅澈,浅到几乎像个瞎子。一朵愁云却阴沉了他的目光。

"我是伊玛尼,老板。"我笨拙地鞠躬,"我父亲派我来,您有什么需要,我都可以帮忙。"

"你就是那个姑娘?你的葡萄牙语说得真好,发音准确极了!谢天谢地!你在哪里学的?"

"是神父教的。我在马科马尼海滩的一个传教团生活了几年。"

葡萄牙人后退一步,好端详我的身材,他接着说:

"但你有一张漂亮的脸蛋!"

我低下了头,感到又害羞又惭愧。我们沿着河走,直到客人停下来,闭上眼睛,叫我别说话。我们沉默了一会儿,直到他说:

"我们家乡没有这个。"

"没有河?"

"当然有河。只是我们已经不去倾听它们了。"

葡萄牙人不知道恩科科拉尼有一句老生常谈的话:河流都来自天空,它们穿过我们的灵魂,像雨水穿过天空。听着河流的声音,我们就不会那么孤独。但我保持了沉默,等着轮到我的时候。

他小声评论:"受河流欢迎很好。"他还说:"河流,还有一个像你这样美丽的女孩。"

他吩咐我们一起在那儿等着。这时我才注意到后面又来了一个葡萄牙文官,他的皮肤呈棕色,整个人看上去与众不同。后来我知道他叫作马里亚诺·弗拉加塔,葡萄牙驻加扎国行政官的副官。弗拉加塔姿态滑稽地骑在村里一个男人的背上,晃晃荡荡地从搬运工背上往下滑。黑人并不打算松开这位葡萄牙人,不论他怎么苦苦哀求:"放我下来!立刻放我下地!"

两人还不至于倒在地上,因为我制止了我的同胞。他好笑地用乔皮语偷偷告诉我:

"就是要他们知道,上面的人不总能指挥下面的人。"

副官恢复他高傲的姿态,展开卷起的裤腿,好奇地审视我。中士介绍:

"这就是那个米娜米……"

"伊玛尼。"我纠正道。

"就是那个来接待我们的当地女孩,你都不敢相信她葡语说得多准确……说点什么,姑娘……来吧,说几句话让我的同事听听!"

突然间,我哑口无言,葡语从我脑子消失了。而我想说母语时,也是同样的空白。没想到我连一种语言都没有掌握,只能发出模糊、空洞的声

音。中士解救了我的难堪:

"可怜的姑娘,她在害羞。你不必说话,带我们去营地就行。"

从行李来看,中士会在我们这儿住上一阵子。另一个穿便服的人应该只待一小段时间。我领着客人去萨尔迪尼亚的杂货店,他是我们这儿唯一的葡萄牙人,我们改叫他穆萨拉迪纳。

两个欧洲人花了一些时间参观村子各处。

"看看这个村子,亲爱的弗拉加塔。到处都打扫得干干净净。太神奇了,宽阔的道路,还有果树……这些是什么样的黑人啊?和我们见过的太不一样了。"

CR

弗兰塞利诺·萨尔迪尼亚在门口热情地欢迎两位同胞,仿佛他在几个世纪的孤独后,发现了地球上仅有的两个人。杂货店老板又矮又胖,手里总是攥着一块油腻腻的毛巾,擦拭流不尽的汗。更确切地说,那条黏糊糊的毛巾已经是他身体的一部分了。他站在门口,生硬地对我说:

"你,姑娘,在外面待着。你该知道你们不能进来。"

"为什么她不能进来?"中士问。

"亲爱的中士,因为他们知道这儿有规矩。他们那些人不能进来。"

"从现在开始,规矩都是我说了算。"中士说,"这个姑娘葡语比很多葡萄牙人说得都好。而且她是跟我一起来的,得和我一起进去。"

"好,好的,如果您下令的话。"他又背对我说,"你去坐在厨房那把小椅子上。"

他们再没理我。我盯着屋顶,看到瓦片之间的缝隙。我感到害怕,因为村子里的人说:这房子一直没完工,因为一只无形的手每天晚上都会拆掉葡萄牙人白天建好的部分。这些鬼怪还在那里,像巨大的蝙蝠在屋顶荡来荡去。

两位初来乍到的客人艰难地在屋子里移动，以防一个不小心绊倒在散乱的货物上。很久之前，我总是透过窗户偷看，目光贪恋着里面堆放的布匹和鞋子。但是，现在更乱了：盒子和成捆的衣服到处堆放，破损的包装里漏出罐子和瓶子，滚落在地上。

我的目光停留在一块蓝白相间的格子布上。中士猜到我的想法，大声问我：

"你知道这是什么吗？"

"是衣服，老板。"

"叫我中士。你说这些是衣服吗？标签上写的是蓝条纹布，但要称它为衣裳可需要费一番想象力了。因为在欧洲，哪怕是最穷的穷人，也不会接受这种衣裳。"

他撕下一块布，凑到愁眉苦脸的老板面前：

"看看，这块布完全是树胶浸的！洗一洗，白色的粉就会掉，只剩下一张蜘蛛网。那种'给黑人的酒'也是劣质品。"

商人咽下羞辱：这位客人原来是个占地盘的。跟他自己的小生意相比，军人的话更好使。他压住声音，小声辩驳，似乎那一刻他从萨尔迪尼亚被贬为穆萨拉迪纳。

"长官，这里就卖这种布。黑人不在乎衣服舒不舒服；他们更在意装饰。"

他还埋怨恩科科拉尼人不像其他黑人一样好买东西。对于我们乔皮人来说，田间林子里产的就够了。他接着抱怨，"这些人连蛇都吃；那些瓦图阿人看不起他们是有原因的。"

"不是瓦图阿人。没有瓦图阿人。"我坐在角落里，鼓起勇气纠正道。我的声音像细线一样纤细，没有人听到。

军官站在木桌前，一口气把布全扔在地上。他平静的声音和坚定的姿态形成鲜明的对比：

"我不知道怎么跟你说。但是没有其他更友善的方式。亲爱的萨尔迪尼亚。我来这儿是要驻扎在杂货店。但我们有另一个目的：来逮捕你。"

"逮捕我？"

"明天几个西帕依士兵会带你去伊尼扬巴内。"

"西帕依？"

老板脸上傻气的笑容一秒钟都没有消失。他仿佛没有听过中士的话。"我去给你们倒杯酒。"他卷好地上散落的布匹。"这酒是好酒，最好的好酒。"他一边往客人们的金属杯子里倒酒，一边评价道。

"你们来抓我？我能知道原因吗？"

"你很清楚你卖的是什么。不是卖给瓦图阿人，也不是乔皮人……"

"我知道是谁散布的谣言，那个阿三，那个黑黑的阿三……叫阿萨内，他在希科莫有一家杂货店。我向上帝发誓……"

"不要绕弯子了。你知道为什么逮捕你。"

"说实话，"杂货店老板回答，"我只关心你们来了，和我一起。你们是不是来抓我，我都不在乎。我太久没有见到白人了，都快忘记了自己的种族。和黑人天天生活在一起，我都以为自己是黑人了。所以我才说，你们不是来抓我的。是来解放我的。"

他从柜子里拿出一瓶酒，想庆祝那一刻，即使这快乐建立在不幸之上。客人们一开始比较拘谨。但是不一会儿，三个葡萄牙人就开始一瓶接着一瓶地喝，喝着喝着，他们仿佛变成了一家人，尽管偶然爆发激烈的争论。

有一刻，中士打算坐到一个木箱子上。他喝得头昏脑涨，热得不行。萨尔迪尼亚急忙阻止了中士：

"不要坐在上面，我的长官，箱子里有贵重的货物；是波特酒。您知道这是为谁准备的吗？给贡古尼亚内……最好的酒给我们最大的敌人。"

"我们最大的敌人另有其人。你知道是谁……"

萨尔迪尼亚面露难色。他们听着猫头鹰掠过夜空,烛台里的石蜡就要燃尽,老板突然陷入悲伤:

"押送我的是西帕侬吗?我不能自己去吗?我保证不逃跑。被两个黑人押送穿过那些人群……"

"谁说是两个?"

弗拉加塔和热尔马诺大笑。"不论如何,"副官说,"西帕侬会押送你,而不是贡古尼亚内。"他们笑得更厉害了。

"不是'贡古尼亚内',是'恩昆昆哈内'。"

葡萄牙人惊讶地看过来。难以相信我竟开口说话了,更何况是为了纠正他们的发音。

"你说什么?"弗拉加塔惊讶地问。

"应该读'恩昆昆哈内'。"我小心地重复。

他们面面相觑。弗拉加塔模仿我的发音,取笑我过于严肃。他们又继续喝酒,口齿不清地抱怨。有一刻我听见军人嘀咕着:

"最困扰我的,不是贡古尼亚内嫉恨我们。是他不害怕我们。"

"知道我们该怎么做吗?"萨尔迪尼亚说,"我们在酒瓶里下毒,就在你们一直送给他的好酒里!不需要一粒子弹,一滴就够了。一滴毒药,整个加扎帝国将轰然倒塌。"

"上头有令不能杀他。"

"现在轮到我想笑了。"弗拉加塔发表意见,"上头有令不杀他?不把我们都杀了就算幸运了。"

杂货店老板出去一会儿,又进来了,手里拿着一把老式猎枪。他很快安抚了两个前来逮捕他的人:

"别担心,亲爱的先生们,枪里没有子弹。"

他每天抱着这把猎枪睡觉。他以一种军火库而不是杂货店老板的骄傲展示猎枪，大声说：

"这是他们唯一懂的语言。难道说你们想靠以礼相待来赢得战争？"

他一直骂骂咧咧，然后说自己要去睡了。他在一张席子上铺了几块布，抱着猎枪躺在了地上。

热尔马诺拖来一把椅子，坐在我身边。他凝视着我，仿佛研究一张地图。他的目光仿佛一团火。我想起绕着烛火飞舞的蛾子。杂货店老板感觉到了客人的兴趣，半阖着眼劝他：

"要小心这个姑娘。年纪轻轻，却有一个女人的身体。黑人姑娘有魔鬼的手段。我知道我在说什么。"

然而，几分钟后，葡萄牙人就不再注意我，转而久久地盯着他双脚架着的墙面。过了一会儿，他低声说：

"那里，那面墙上，是我的故乡。"

他指向墙上的一块水渍。石灰墙皮脱落形成了一块褪色的矩形。

"是葡萄牙，墙上的那块。"

他艰难地爬上椅子，用指甲抠水渍。看着石灰撒落在地上，仿佛面对一只垂死的动物。杂货店老板随机指了指笤帚：

"哎，姑娘？扫地去，还站着不动干什么？"

军官抢先抓住笤帚，立在空中，好像那是一把剑。他宣布：

"应该由我打扫。我来这儿就是干这个的。给别人擦屁股。"

在随后的沉默中，我试图找到最好的方式告别。我的羞怯教会了我一个道理，害羞的人和不起眼的人往往在告别的时候暴露无遗。我一个女人，在陌生人中间，又是晚上。杂货店老板从他简陋的床铺上爬起，抱着一个盒子来到我面前：

"把这瓶波特酒带给你父亲。我感激他做的一切。小心，很沉。"

那酒沉得压弯了我的腰，我跟跟跄跄穿过黑漆漆的庭院，萨尔迪尼亚突然叫住我：

"等等,我和你一起去,我送你到大路上。"他转过身问屋里的军官:"可以吗,中士?就五分钟,我不会逃跑。"

门一关上,老板向我张口,一股臭气扑来。他提出了一个异常奇怪的要求:要我和他说乔皮语,而他去取一些草。

"说呀,说话,姑娘。和我说话,我是穆萨拉迪纳。"

"我说什么,老板?"

"什么都行,但是不要停,继续说话……"

他弯下腰,像狗一样嗅着。他捡起树叶、种子、所有东西,捧近他的脸,闭着眼睛慢慢嗅。他突然直起身子说:

"我看见他了,在这荒野。"

"对不起,穆萨拉迪纳老板,你看见谁?"

"贡古尼亚内。他来过这,想杀他爱的人。他自己也想死。"

"贡古尼亚内来过?"

"他偷偷来过,想寻有毒的穆雷-姆巴瓦,这种树生长在附近的年齐耶湖。"

我看着杂货店老板,他皮肤黝黑,有着萨尔迪尼亚的皮肤和穆萨拉迪纳的灵魂。这个葡萄牙人是乔皮人,是我们的一员。不只因为他说我们的语言,还因为他用整个身体说话。萨尔迪尼亚继续混杂着两种语言说:

"恩昆昆哈内以为可以拯救她。他想要死亡和杀戮。一切都是为了爱情,他有禁忌的爱。很美,不是吗?"

"什么很美?我不明白。"

"像他这样的男人,拥有所有他想要的女人,可终究没有得到唯一真爱的那个。"

"萨尔迪尼亚,告诉我:你是不是有什么事要对我说?"

他没有回答,往回走,在家门口对我挥手,不知道是在告别,还是命令我赶紧离开。

我还没走出几步远,就听到一声枪响。窗帘后面人影骚动,低语阵阵。我转身回头,发现弗兰塞利诺·萨尔迪尼亚倒在血泊中垂死挣扎。杂货店老板始终没有松开他的老式猎枪。和每天入睡的姿势一样,他抱着猎枪死去了。

我的弟弟穆瓦纳图听到枪声,从他住的房间跑过来。他一声不吭地帮助葡萄牙人把尸体拖到屋后,跑到仓库找铁锹挖坑。回来的时候,他看见中士双膝跪地,脸垂到胸前。热尔马诺·德·梅洛的眼睛无比湛蓝,我们担心他一流泪,双眼就会永远失明。他没有流泪。白人只是在为死去的杂货店老板祈祷。弗拉加塔提醒他注意,不要再祈祷了。自杀者没有灵魂。人们不为他们祈祷。这是弗拉加塔说的。

军官站起来,拿起一把穆瓦纳图从仓库带来的铁锹。他突然发狂地挖着坚硬的土块。我看着他们忙忙碌碌,无法不注意到葡萄牙人在这方面的笨拙。这令我不禁思考:我们黑人比任何其他种族都更会用铁锹。我们生来就有这份灵巧,一如让我们起舞的灵巧,当我们需要大笑、祈祷或哭泣时。或许是因为几个世纪以来,我们一直被迫埋葬我们的死者,他们比星星还多。或许有另外的原因:欧洲人的土地上一定有黑人奴隶在做这个工作。谁知道会不会有一个同族的人在葡萄牙等我?谁又知道我的爱情会不会在只有船只和海鸥能够到达的地方等我?

第六章
中士的第三封信

恩科科拉尼，1895年1月12日

尊敬的若泽·德·阿尔梅达参事：

我在此向您报告昨天上午我和副官马里亚诺·弗拉加塔到达恩科科拉尼的情况。首先我要向您表示抱歉，报告里的内容不是您最想听的好消息。和设想的不一样，杂货店老板弗兰塞利诺·萨尔迪尼亚并没有在目的地等我们。迎接我们的是我上封信里提到的姑娘。她前来欢迎我们，举止得体，葡语也说得好。她叫伊玛尼，是我完成此次任务的天赐助力。

我必须说，这里的村民和他们的通加和聪加邻居有着天壤之别，村庄的规模和整饬给我留下深刻的印象。我问她是否为村子的规模和整洁感到骄傲。她的回答有些耐人寻味：除了她之外，村子里所有人都为此而感到骄傲。对她来说，村子的扩张只有一个原因：恐惧。恩科科拉尼的扩张速度和居民的缩减速度一样。伊玛尼是这么说的，语言准确讲究。她还说，她的族人聚居在一起，幻想通过群居得到更多保护。但是统治我们的正是恐惧，她指着街道两旁枝繁叶茂的橙子树说。橙子树是乔皮人的神树。这些黑人相信，橙子树可以帮助抵御巫术，这是他们最大的敌人。谁知道我会不会在院子里种上一棵橙子树？即使不为庇佑，也能结果和遮阴。

和村子里其他建筑不同，我要安营扎寨的军营简直是彻底衰败的象征。只有那些总用愿望代替现实的人，才会扭曲地称这样破旧的房子为"军营"。它只是一个军火库和卖破铜烂铁的杂货店的合体，让人难以接受，还不如拆了这所破房子来得方便。

您知道破房子的历史：葡萄牙人在二十多年前就开始建地基砌墙。当时的目的确实是想建军营。但是没来得及建到屋顶、窗户和门。营房只停留在一个想法上，然后就衰败了，遭到遗忘和抛弃。多年以后，一位叫作弗兰塞利诺·萨尔迪尼亚的大胆商人完成了工程，在那儿开起了店。这座房子现在就是一个混种，一半是工事，一半是杂货铺。

现在我就坐在命途多舛的店铺里写信，毛茸茸的蜘蛛在我手上和纸上爬行。恶心的蜘蛛和其他叫不出名的虫子都是冲着灯火来的。熄灭烛火，就只有黑暗，不幸提前的黑暗。您知道的，这一带的夜晚来得有多早。

昨天夜里，我用镇纸压扁了一只讨厌的蜘蛛。浓稠恶臭的汁液溅满整个桌面，弄脏了桌子上的书信。我的脸上、手上和胳膊上都沾上了绿色的毒液。我害怕皮肤会吸收毒液，流遍我的血管。伊玛尼和我说我不应该杀死蜘蛛。她对蜘蛛的作用有一套奇怪的理论。她说蜘蛛网可以缝合世界的创口，也可以愈合我体内未知的伤口。说到底，这些不过是愚昧之人的幻想。

令我担心的不只是军营的破旧。参事先生，我得承认，看到如此广袤的地界却鲜有欧洲人和欧洲人的防御工事，让我十分惊讶。我很天真，我心中的莫桑比克殖民地并不是这样。我以为我们真的在管理我们的领土。原来几个世纪以来，我们的存在仅仅限于提供水源的河口。可悲的现实是：在这片广阔的腹地上有的只是黑人和印度商人。我们少之又少的存在痕迹得归功于杂货店老板这种人。

送这封信的人叫穆瓦纳图，是伊玛尼的弟弟。小伙子有点愚钝，但老实说，我宁可要这样的人，也好过自作聪明、不足以信的人。他之前为萨尔迪尼亚跑过腿，我便委托给这个傻小伙士兵助手的活儿。比如说，我给了他一杆破旧的步枪，他满怀骄傲地接受了驻守营地的任务。

我还没有清点杂货店老板保管的军用物资，我觉得数目不大。但是这任务需要时间和精力，因为眼下货物和军需品都混在一起。等我清点好所有库存，我会寄来一张现有物资的详细清单。

我得实话实说，恩科科拉尼对莫西尼奥·德·阿尔布开克的到来怀着极大的期望。不是说有谁认识他，实际上，黑人甚至不会念我们这位骑兵统帅的名字。然而正是出于过分的恐惧，他们创造了一个弥赛亚救世主。诚然，我们获得最近的几场军事胜利后，很多很多归顺南部的人背弃了贡古尼亚内，转而投靠我们。但如果真的是我们近来的胜局给当地人带来希望，那么他们变换效忠对象可能带来死亡。若我们不加强统治，他们的首领就会动摇，因为害怕受到严惩，而重新臣服于伟大的加扎国王。

这是当地人对莫西尼奥和他的骑兵的到来寄予厚望的原因之一。事实上，他们拥护莫西尼奥还有其他原因：第一，恩科科拉尼的村民早就已经厌倦了谈判。他们对我们的态度感到困惑，我们没有对共同的敌人发动战争，反而坚持和言而无信的人谈判。

他们指望想象中的救世主还有一个原因，但和莫尼西奥无关。您一定会很惊讶，因为这和马有关。黑人说，马不是尘世的动物。他们是从马蹄蹬地的姿势看出来的：马儿的步伐就像长腿鸟儿一样紧张不安。斑马和角马的步态就不是这样，这是两种黑人认识的最像马的动物。因为这些动物的蹄子和荒野亲密接触。马的脚步不一样，它们甚至几乎不碰触地面。它们在腹地奔驰，仿佛浮云划过天空。因此，人们相信：马来自天地相接的遥远之地。黑人肯定是看到过以前教父传发的明信片，上面画着圣乔治和其他圣徒骑着马从天而降。

我们可以有自己的判断，但这就是黑人的看法，是他们对一种从未见过的生物的认知。如果马对我们来说是战争武器，对于黑人，马会招致严重而致命的冲突。伊尼扬巴内发生了一场巫术、土药和诅咒的战争。没有一个巫师不祈祷着我们骑兵的到来。当我在恩科科拉尼说起有些马死于惊吓和发烧时，比如艾雷斯·德·奥内拉斯的马，立马有人把疾病归咎于恩古尼的魂灵。本来应是郁郁葱葱的草场，突然变得枯败荒芜，也同样被他们归咎于巫术。这样突如其来而无法解释的变化，只能出自恶魔巫师的手笔。

参事先生，请不要相信和您无亲无故的人无缘无故的善意。因此，我支持您，希望您不要纠结于军人未来的谋划。请继续推进您与黑人艰难的谈判。

有人说，谈判的策略暴露了我们的恐惧和准备不足。这些诽谤者不了解加扎国的军事实力。成千上万无畏的战士，已经整装待发，进行一场腹地战争。我只看到与穆顿卡齐[1]的军队公开对抗是一步败局已定的险棋。

我们认为，黑人之所以傲慢，是因为他们自以为人多势众，军事力量强大。事实上，这种傲慢并不起源于贡古尼亚内。早在五十年前，祖鲁国王丁加内就视我们为他的下属。他自认为有权任免欧洲人，以为我们管辖的土地只归他所有。在他扭曲的认知中，整个莫桑比克南部都是祖鲁殖民地，只是暂时由白人代管。

因此，1833年，丁加内决定撤掉洛伦索·马贵斯总督迪奥尼西奥·安东尼奥·里贝罗，任命在周边地区经商的著名商人安塞尔莫·纳西门托接替。这位祖鲁国王用白人取代了白人。丁加内解释说"葡萄牙人能更好地管理自己人"。但是，这件事最终搁置了。1833年年底，祖鲁国王决定保留里贝罗的职位，尽管总督没有向他缴税。

然而，在一次抓捕奴隶的暴乱中，葡萄牙人误抓误杀了祖鲁人，此举造成了双方的决裂。由于迪奥尼西奥·里贝罗拒绝被不曾任命他的人解职，于是，丁加内国王入侵洛伦索·马贵斯，迫使总督逃亡至谢菲纳岛。

1　Mudungazi，恩昆昆哈内当上国王之前的名字。

里贝罗试图藏在一艘小船里逃跑,却被当场抓获并杀害。他被当众绞死。葡萄牙当局是如何回应这一暴行的?他们视而不见。里贝罗的继任一开始就向祖鲁国王致歉,解释殖民地一贫如洗,里斯本国库亏空,无力向祖鲁国王缴税。

如此怯懦的姿态只会坐实英帝国主义者的论断,认定葡萄牙没有能力管辖非洲殖民地。我都不知道我是更憎恶英国的野心,还是当局可耻的软弱。

第七章
蝙蝠的翅膀上

我们的道路有过河流的腼腆和女人的柔情。获得允许后，它们才开始生长。如今，道路占满了风景，长长的触角在时间上延展，俨然是世界的主人。

乔皮人因精于弓箭而得名。父亲卡蒂尼·恩桑贝是个例外，他成长于传统的边缘，远离狩猎和战争。除了喝酒，他的热情都倾注于音乐和马林巴琴。或许正是创造和谐的天赋，使他如此抗拒暴力。世界是无边的马林巴琴，他是世界的调音师。

所有人都觉得他是这里最好的廷比拉琴[1]匠人。打造廷比拉琴的时候，他仿佛在打造自己。这不是一件作品，而是一种孕育。在这漫长的创世过程中，每一步都伴随着祈祷和沉思。这是为了让另外一些手，过于古老而湮没不见的手，来引导他的动作。

从小我就跟着老父亲一起去找米穆恩热树。那是唯一能提供优质木材的树木。我帮他切割木材，用兽皮捆扎木板，寻找装在琴键下面扩音的葫芦。每个葫芦都经过上千次试音，直到找到准确的音调。我还负责收集蜂蜡，用它密封葫芦嘴。

---

[1] 廷比拉琴，马林巴琴的一种。

那天清晨我起得很早，因为要做马林巴琴，和老父亲一起去了高大的无花果树林，我们叫它姆帕马树。从孩提时我就干着一件男孩子的活：爬到无花果树上抓蝙蝠，拔下它的翅膀，还要防着不被它的臭牙咬到。翼膜晒干后，包在共鸣箱上，这是父亲制作马林巴琴秘方中最宝贵的秘密。

我抓蝙蝠的技巧日臻熟练，这些吃水果的贪吃鬼。它们头朝下，在高高的树干上摇晃，像活钟摆，警惕但毫不畏惧。撒网之前，我会站在树干高处，长久地观察它们。有时候，要分辨活蝙蝠和死蝙蝠并非易事。它们的爪子紧紧地钩住树干，即使死了，也一直挂着，直到瘦成一个干瘪的影子。有些人的命运也是这样：内里已经死亡，只是外面看起来还活着。

母蝙蝠在最高的枝头哺育幼崽。这样，它们看起来就像小小的人类，所以我极力避免看它们的眼睛，以免削弱我的狩猎意志。做母亲的梦在我身上扎根生长，这种怜悯的感觉也越来越强烈。直到这一次，面对我要爬的树干，我鼓起勇气说：

"对不起，父亲。但我再也不会爬上去了。"

父亲惊讶于我的态度。在恩科科拉尼，没有一位父亲能接受否定的回答。但是他出乎意料地温和地笑了。"你不想上去？"他看起来很困惑。我保持沉默，却依然坚定。他竟然接受了我的拒绝。

"你在可怜蝙蝠？我的女儿，我懂。让我告诉你为什么我理解你的拒绝。"

他跟我讲了一个从祖父母那里听来的老故事。那时候，蝙蝠骄傲地在天空中穿行，自以为是独一无二的生物。有一次，一只蝙蝠受了伤，跌落在十字路口。一只鸟儿经过，说："看，我们的同类！我们帮帮他吧！"于是，他被带到了鸟的王国。然而，鸟王看到奄奄一息的蝙蝠，下令说："他有绒毛和牙齿，不是我们的同类，把他带出去。"可怜的蝙蝠被遗弃在刚才的十字路口。一群老鼠经过："看，我们的同类，我们救救他吧！"

它们把蝙蝠带到了鼠王面前，鼠王说："他长了翅膀，不是我们的同类。把他带回去！"于是，老鼠们把这只痛苦的蝙蝠带回了命运的十字路口。蝙蝠孤独无依地死去了，它本想属于不止一个世界。

故事的寓意很明显。因而，我对他最后问的问题感到奇怪：

"明白了吗，女儿？"

"我想是的。"

"不见得吧。因为这不是蝙蝠的故事。是你的故事，伊玛尼。你和混杂在你体内的世界。"

✿

卡蒂尼不只有制作马林巴琴的手艺。他还是一位作曲家和一名乐团指挥，手下有十几人。乐队在我们村和其他村子巡回表演。看演奏会时，我出神地望着打扮成战士的舞者，用盾牌和木棘轮[1]模拟战斗。他们仰面躺着，然后突然跃起，仿佛被内心深处出现的鬼魂附体。

"为什么我们拿战争娱乐？"我惊恐地问。

父亲没有回答。或许我们不知道如何抛开恐惧去生活。我们通过和鬼魂共舞驯服它们。问题是鬼魂总是饥肠辘辘。总有一天，它们会吞噬我们，把我们变成鬼魂。

无论如何，雄壮的节拍确实将我从世界抽离，尽管这舞蹈只能由男人表演，在内心的隐秘角落，我的全身都在跟着摇摆。就像另一个人在我的身体里起舞。或许是"活着的女儿"，或许是"灰烬"，又或许是所有生活在我体内的人。那一刻，我失去了身体，摆脱了记忆。我是幸福的。

---

[1] 木棘轮，打击乐器的一种。

❧

舞蹈结束后,舞者会无力地倒下,仿佛被死亡本身刺穿。女人这时候才可以加入。她们冲出人群,假装在倒下的战士中寻找自己的儿子。那一刻,与舞蹈的极致喜悦不同,我坠入无助的悲痛,一如既往地恸哭。

"你不喜欢吗,我的女儿?"终于,母亲问。

我点点头,我是喜欢的。她搂着我的肩膀,安慰我:"那是闹着玩的,我的女儿。"可她的声音和手臂的重量却透露出比我更浓重的悲伤。她解释了悲伤的原因:不论是在舞台上,还是在真正的战场上,我们都无法寻到只属于我们自己的儿子。所有倒下的都是我们的儿子。这片土地上的母亲为所有的战争哭丧。

❧

已近正午,父亲坐在那里,腿上摊着一本书。封面上可以看见"识字读本"的字样。很早以前,我在教堂的旧物里发现这本册子。当时,我把它作为特殊的礼物送给了父亲。任何别的礼物都不能让父亲如此激动。他每天都用指尖在书页上划来划去,仿佛刚刚亲手制作出这本书。"我在听音乐,"他说,"而不是阅读文字。"他的手指敲打着书页,仿佛叩击马林巴的琴键。

"父亲,你不怕恩古尼人吗?"

"我们要让想吓唬我们的人感到害怕。这就是为什么我一直在读这本书。"

他万分谨慎地合上书,再同样小心翼翼地把书装进兽皮袋里,接着深深地叹气。

"他们说我向葡萄牙人投降了,说我把灵魂出卖给了白人。那我问你:

你知道住在河马背上的小鸟吗?"

我知道这种鸟,我甚至还听过这句俗语。父亲重复了那个古老的寓言:人们都说,鸟儿依附河马生活。但是,没了鸟儿,河马几天内就会死去。他激动地讲述自己的新发现:

"我就是河马背上的那只小鸟。我是在支持伦古人,那些生活在'王室领地'的白人。对你的母亲来说,我只会喝酒,做马林巴琴……"

"父亲,我不想再做那件事了。"

"你还没有开始干呢。等葡萄牙中士安顿下来,你就洗漱梳妆,漂漂亮亮地去军营。干好你的活……"

"不是这件事。我是说,我不想再爬树,不想再杀蝙蝠了……"

"啊,那个活已经结束了。你现在有其他任务。我先跟你说好,如果中士给你奖励,不要觉得是什么大恩大德。那是我应得的。我送了他们一个女儿,还有一个儿子。我的付出能用金钱来衡量吗?"

"我答应过不再回萨尔迪尼亚的杂货店了。"

"不要叫杂货店。那是军营。你在那儿可以帮你弟弟。我的穆瓦纳图是一个好孩子,他送信从没出错。没人能够想象他为了送信经历了什么。"

"中士当然明白送信的危险。想想弟弟要是丢了一封信,比如信滑走了掉到河里……"

"那是男人的事,与你无关。我想知道一件事,我的女儿,你看过信,对不对?"

"看过一些。"

"那满足一下我的好奇心,那个葡萄牙的大首领什么时候到?"

对父亲来说,所有葡萄牙人都是大首领。他看出我的犹疑,又解释道:

"我说的是那个要从里斯本来杀恩昆昆哈内的首领……"

"莫西尼奥·德·阿尔布开克?我不知道,父亲,他的船遭遇了风暴。"

"风暴?"

"那艘船刚离开里斯本，就差点被风暴击沉。"

穆瓦纳图已经跟他提过了在莫西尼奥·德·阿尔布开克旅途中过早发生的风暴。没有人被表象蒙蔽，老父亲悄声说：那不是风暴。是巫术。

"父亲，小心点。别让人知道我看过葡萄牙人的电报。"

"你以为我疯了吗？你以为我不知道葡萄牙人是怎么处置间谍的？好些人还是我举报的。"

"我给你的消息是从里斯本和洛伦索·马贵斯来的密信。任何人都不能知道……"

"我怀疑有人一直在传递消息，向制造风暴的巫师通风报信。"

"千万别说出这个嫌疑人的名字。求求你，父亲，看在上帝的面上。哪怕是在这荒野，我都害怕有人在偷听。"

"也可能是你的哥哥，我的儿子，如果那一天到来，我会忘记自己是一个父亲，亲自揭发他。"

"上帝保佑，别这么说。这不公平。你总是不把杜布拉当作亲儿子。"

"告诉我：他的英雄是谁？"

"我没问过他。"

"你哥哥的大英雄是恩昆昆哈内国王。现在回答我：这样的人能做我的儿子吗？"

"你想做什么？把他交给葡萄牙人吗？"

"我会这么做的。有一天我会找到你哥哥，我会让他后悔看见我站在他面前。"

"可是父亲，你要想清楚：风暴时常发生。这次怎么就不一样呢？"

"所以我要告诉你，我到恩亚蒂绍洛那儿去问了女占卜师。我去找了你舅妈罗西，想确定那到底是不是巫术。"

他坐在女先知面前，并没有按照礼数跪坐。他极度忧伤挫败，以至于他的双腿消失在席子上了。他请求罗西认真听，要像之前从未听过任何声音一样。因为他要高声诵读女儿从中士家里带来的手稿。

"你把报告带到罗西舅妈家里了?"

"是的。"

"简直是疯了!如果中士发现少了几张纸怎么办?"

"你说的几张纸,其实只有一张,而且现在就在我这儿。"

他从口袋里掏出一张皱巴巴的纸,慢慢地读着,一个字母一个字母地辨认。他把纸翻来覆去地看,假装他只是因为浮云投下的阴影而难以辨认这些文字。他一句一句读着,磕磕绊绊,唾液都从下巴流到颤抖的手上:

"……莫西尼奥·德·阿尔布开克长官乘坐的半岛号刚从里斯本港出发,就在附近海域遇到了史无前例的大风暴。海水劈出深渊,卷起群山,船只如此渺小,连上帝也看不见它。海浪滔天,船只的螺旋桨断裂,消失在海底。半岛号挣脱了人力的掌控。法国和英国的船只前来救援。他们抛出绳索,绳索断裂;派出救援船,救援船却无法在翻滚的浪涛中前进。最后,莫名其妙地,暴风雨戛然而止,莫西尼奥的船回到里斯本修整,希望能在上帝的保佑下,重新踏上旅程……"

"你很惊讶我每个词都能认出来?"卡蒂尼哂笑着问我。"是你教我的。"他折起信,重新放进口袋。

"但是,父亲,只有一张纸吗?其他的呢?"

"恩亚蒂绍洛需要它们。"

他最亲的弟媳,罗西舅妈在占卜的时候,不用提高音量,就可以让人立即听话:

"把一张纸扔进水里!"

舅妈肥胖的大腿上放着一盆水,那张纸在水里漂浮,像一只风暴中的小船摇摇晃晃。墨迹渐渐脱落,形成一片乌云,染黑盆里的水。那片墨迹永久地淹没了卡蒂尼的灵魂。

"墨迹并不来自纸张,"女巫审判道,"它来自你的血管。"

卡蒂尼·恩桑贝头晕目眩地盯着那张已经苍白的纸慢慢沉入水盆底部。罗西要求他交出剩下的报告。

"我需要这些文字，"她说，"书写的文字是伟大的巫术，可以产生强大的魔法。我想用它们来占卜。"

"都给你，不过，我想先知道我今天来的结果。"

"有一件事我可以肯定：风暴不是来自海上。这场风暴有一个主人。制造风暴的人会再行巫术。受害者始终会是那个葡萄牙人，那位毛西尼奥……"

"莫西尼奥。"父亲纠正。

"其他的巫术会在非洲和葡萄牙继续发生。"

"谁委托的巫术，罗西舅妈？"

"你知道的，卡蒂尼。开门的人是屋里的人。"

ଔ

卡蒂尼把莫西尼奥旅行报告中仅剩的一张纸递给我。他认为这样可以减轻我的悲伤。为了分散我的注意力，他接着说：

"我告诉你一件事：葡萄牙军队来救我们时，你必须小心，我的女儿。"

"为什么，父亲？"

"白人将骑着马来。你见过马吗？我在伊尼扬巴内见过一匹。要小心这样的动物，女儿。永远不要直视它。"

马的眼睛是炽热的。它的眼睛是深色的水，像一个深湖。但它是燃烧的湖。直视它的人，灵魂会烧伤。

"巫术喜欢住在眼睛里。认识你母亲的那天，我们的目光火热地交汇，你，伊玛尼，就在那个时刻出生。"

他抬手驱赶脸上的苍蝇，动作干脆，仿佛真的在空中抓到了什么。

"你已经说了要给中士上课吗?"

"是的,但是他看起来完全不想学习。"

第一节课,他的眼神就从未离开摊放在桌子上的信件。他没有看我,显然,他只想学习"重要"的内容,用以发布命令。实话说,他一句也学不会。毕竟,他将要生活在绝对的孤独中,能对谁发号施令呢?

"中士是对的。我一直没想通为什么他们想学黑人的语言。"父亲叹了口气。

"他们不想学。只是接到了命令。"

"不管上不上课,你都得去他家里。这个人是我们的保障。只要中士和我们一块儿,我们就能得到保护。"

"父亲,我不会缺席的。"

"还有一件事:万一有一天,这个白人想从你这儿得到更多,你知道的。"

"我不明白,父亲。"

"我要说的很简单:你要对他做世界上任何女人都会做的事。明白吗?"

我沉默地把脚扎进沙子里,仿佛要截住河水。而我截住的是眼泪。或许还是让眼泪流出来好。母亲说,哭泣的时候,我们的灵魂会像雨中的大地一样变成泥巴。泥巴给了我们房子,泥巴铸成了我们的手。

第八章
中士的第四封信

恩科科拉尼，1895年3月13日

尊敬的若泽·德·阿尔梅达参事：

　　我很遗憾听到弗拉加塔经手的信件丢失了。这不是单纯的丢失，我很怀疑信件可能落入了旁人之手。无论如何，送信的邮差完全值得信赖。我之前也提起过他。我的助手穆瓦纳图，不幸让我摊上了。他有点愚钝，却一片忠诚。他的姐姐伊玛尼聪明机灵，我们几乎忘记了面对的是个黑人姑娘。

　　感谢您提醒我，未经您的同意不要直接向洛伦索·马贵斯传递任何消息。我从未想过我们的管理层可能出现这样的分歧。您可以放心，我不会辜负您的信任。

　　参事先生，我必须补充一句，您不要怀疑我们的书信来往有泄密或篡改，这是毫无根据的。唯一能接触到密信的人就是穆瓦纳图，他负责打扫和照看我的房子。传递书信的只有他。小伙子识字，但只是入门水平。不过，他不仅不会冒险拆开信件，我还确信，他也不会给任何人看。

　　因此，不用担心信件遭到篡改。按照您的要求，在这篇报告里，我将放心地向您详述杂货店老板弗兰塞利诺·萨尔迪尼亚被捕后的惨剧。

　　我们依照洛伦索·马贵斯下达的指令关押杂货店老板。我们认为没有必要给他戴上手铐,说实话,他看起来没有被这个消息击垮。相反,在我们面前,他显得若无其事,都不想问被捕的理由。我认为,他的处变不惊显然就是认罪的证据。

他唯一的请求是,不希望被西帕依士兵捆绑和押送,游街示众。在接下来的谈话中,尽管他强烈反对我们的殖民政策,但依然表现得很亲切。然而,他突然情绪大变,咄咄逼人,甚至诋毁我们军队的荣耀。我记得他的原话:"你们的英雄主义,不过就是打败一群赤手空拳抵挡步枪和机枪的黑人。"我无需回应他的肆意妄言,因为弗拉加塔进行了有力的反击,他提醒道,很多黑人已经用上步枪和机枪了。

但愤怒的萨尔迪尼亚并没有放弃。杂货店老板实地了解很多我们只能通过报告评判的事实,他反驳说,大多数瓦图阿人拒绝使用欧洲的武器。他是这样说的:"他们不用发给他们的步枪,因为认为隔得很远作战是懦夫的表现。他们相信土药,相信能帮助他们抵御子弹的护身符。就连我自己,上帝宽恕我,我承认我也开始相信这些迷信了。"

我将讲述那不祥的夜晚发生的事情,那些细节至今记忆犹新。我会说得很详细,因为这些对话有助于把握我们葡萄牙人之间紧张关系的脉搏。比如,杂货店老板一直在质问态度冷淡的弗拉加塔会不会说一门黑人的语言。他想知道我们的谈判代表有没有想过学一门土语。萨尔迪尼亚会说黑人的语言,因为生活迫使他学习。不像"其他人",在非洲生活多年,却不会说一句土语。杂货店老板是这样说的。

这一次,副官失去了耐心。他口不择言,泄露了我们真正的意图:"你呢,亲爱的萨尔迪尼亚,你去南非偷卖葡萄牙军事机密的时候,说的是英语吗?"

杂货店老板一时沉默不语。他一口喝尽杯里的酒,鼓起勇气问道:"知道我和英国人说什么语言吗?我们说祖鲁语。"他说,英国人和葡萄牙人不同,他们学习黑人的语言。正因如此,他们才和贡古尼亚内相安无事,并作为顾问伴其左右。我承认,听人赞美英国人,比听人批评葡萄牙人的固有缺点更让我血脉偾张。

或许正因如此,为了捍卫我们的荣誉,我辩解说我们在非洲领地上采取的政策是使用翻译。讲葡萄牙语和教人讲葡萄牙语是我们文明使命的一部分。杂货店老板尖言冷语地提醒我们,相信翻译就太天真了。同一种致命的轻信导致我们把武器分发给视为友军的黑人。激动的杂货店老板做出一个悲哀至极的判决:"我们将被我们亲手交到他们手中的武器所杀害。屠杀的命令会用葡萄牙语下达,我们亲手放到他们嘴边的语言。"

我必须说,那时候,萨尔迪尼亚已经是自言自语了。因为我和弗拉加塔都忙着整理行李,取出急需的物品。杂货店老板看见我把步枪挂在墙上的钉子上时,突然异常激动。他高声说:"看墙上呀,那是这群蛮人唯一理解的语言。"

我请他注意自己的言辞,毕竟第二天他将由两个西帕依士兵押送经过黑人村庄。杂货店老板维持着一贯的高傲,讽刺葡萄牙人表里不一:葡萄牙当局一面要关押他,一面却授予贡古尼亚内比我还高的职位。萨尔迪尼亚还挖苦说,王廷甚至任命瓦图阿首领为我军上校,享受特权和福利。我得坦言,他接下来的话激起了我的满腔怒火:"你知道黑人怎么叫我们葡萄牙人吗?叫'我们的尚加纳白人'。我们是他的奴隶,贡古尼亚内的奴隶。除此以外,我们屁都不是……"

谈话持续到深夜。伊玛尼一直都在,后来她向我们告辞,杂货店老板提出和她一起出去几分钟。他短暂离开了一会儿,回来后却突然在我们面前自杀了。

您想象不到这疯狂的举动给我们带来怎样的麻烦。我不得不立刻埋葬了可怜的老板。我们称之为军营的杂货店地板上淌着血,是我亲手清洗了血迹。直到今天,我写信的时候,还能看见手指上的血迹。

我记得当时弗拉加塔看见我如此颓唐,跑来安慰我:

"别这样,亲爱的热尔马诺。可怜的老板不只是因为收到逮捕令而自杀。他的罪状远不止于向英国人倒卖军火和象牙。"

"那是什么罪?"

"他给英国人当间谍。一到伊尼扬巴内,他就会被枪决。萨尔迪尼亚对此心知肚明。"

"我们下令枪决葡萄牙人?我们要残杀同胞?"

"这就是问题的关键:杂货店老板早就不是我们的同胞了。事实上,他已经是……怎么说呢……他已经是个黑人了,只不过皮肤比较白。所以他才说黑人的语言。"

弗拉加塔接着说:"此外,逮捕萨尔迪尼亚不只因为黑人的事情。黑人只是追着我们的鬼魂,本身没有存在。他们的背后是英国人。英国人才是我们真正的敌人。"

我的同僚觉得加深对英国人的憎恶可以减轻我的内疚。但这种悔恨仍然深深刺痛我。所以,马里亚诺·弗拉加塔做了最后的努力,他带我到屋后,指着一面石墙:

"看见这些洞了吗?它们在同一个高度,知道是什么吗?"

"不知道。"

"这些洞都是子弹打出来的。"他总结说,"这是一面枪决墙。在伊尼扬巴内的时候,他们告诉我,不值得带杂货店老板去城里。我们就在这儿枪决他,在这面墙前面。"

"我们在这儿枪决他?"

"你来处决,因为你是军人。明白吗?他自己开枪了断,简直好太多了。"

第九章
死者的消息，生者的沉默

战争与和平的区别在于：在战争中，穷人首先被杀；和平时期，穷人首先死去。

对于我们女人，还有一点不同：在战争中，我们会被陌生人强奸。

我们因为逃亡、谎言和怯懦来到恩科科拉尼。在马科马尼，我们在海边过着幸福的生活。那是我出生的地方，我在教会学校寄宿的地方，在那里，我学会了成为如今这般的女人。特别是我的母亲，她曾幸福地生活在那个印度洋畔的小村庄。有一天，我的祖父，家中的长者特桑贾特洛，无缘无故地命令我们离开，永远不要回去。这是一个出人意料的决定，像是被鬼魂推了一把。

就这样，我们在恩科科拉尼定居。在这个内陆村庄，只有伊尼亚里梅河能缓解我们对广阔海洋的思念。尽管从来没有宣之于口，我们希望有一天，祖父能给我们一个解释。或者，最好让我们能结束流放。有一年，祖父要求召开家庭会议时，我们仍然抱着这样的希望。

我们都坐在他家的院子里，特桑贾特洛走出房门，手里拿着旅者常见的行装：一张席子、一条毯子、一卷烟草、一个装满木薯粉的羊皮袋，还有一个装满水的葫芦。

"祖父，你要离开吗？"

"我要搬走，我要去矿山。"

大家的第一反应是嘲笑。矿区有年龄要求，大地的肚腹只被青春滋养。特桑贾特洛已年过六十。他甚至没有能力步行去那里。那时还没有出现后来负责招募和运送矿工的劳务公司。

然而，特桑贾特洛一辈子都没这么严肃地说过话。他决定去英国人的地界工作，去南非的钻石矿工作。全家人意识到消息的严重性，聚集在祖父的院子里。他们试图劝阻：起初以年龄为由，后来开始寻找其他理由。祖父会像其他从矿区回来的莫桑比克矿工一样悲惨。舅舅穆西西甚至宣称："我们去兰特[1]之地的下场会比从前任何战争还要悲惨。"

他解释说，从南非回来的年轻族人，已经不是他们自己了，他们再也不是乔皮人了。祖父特桑贾特洛无动于衷，谁的劝告也听不进去。舅舅穆西西还是坚持："德兰士瓦的矿区正在杀害我们的民族。以前，我们用牲畜作彩礼。现在，没有人不想要英镑。"

另外一个亲戚提出反对："葡萄牙人用他们的货币付给我们，却向我们收取英镑。这样的世道，我们为什么不移居？"

离别的沉默已然降临，直到祖母颤抖着声音问她的丈夫：

"这就是你想给我们家族树立的榜样？"

"什么家族？"祖父问。

妻子再也没有开口。

CR

离开恩科科拉尼之前，祖父把我叫去。他破坏了村里的规矩：没人和

---

[1] 兰特，南非法定货币。

孩子说正事，尤其是和女孩。那时候，我顶多不过十岁。现在我理解了：老人家只是想听自己说话。在我面前，他回忆起自己被叫到临终的父亲面前的场景。他没有勇气，不知道如何看待最后的结局，这也终将是他的命运。多年之后，他看着我，敞开了心扉：

"现在恩古尼人入侵也是一样的。我不想再次被叫去见证更大的死亡：我的土地的死亡。"

我盯着他皲裂的双脚。那一刻，我为脚上的凉鞋感到羞愧。我的双腿因为内疚变得沉重。在村子里，除了我的家人，没有其他人穿过鞋子。这足以让我们被称为伦古人，白人。

特桑贾特洛要我从家里拿一个笔记本。他想给我讲述一个纠缠着他的梦。他要我一字不漏地记录下他的话；接着，再撕掉这张纸，这样他就可以摆脱噩梦。我照做了。

CR

"写吧，我的孙女，写下那些被梦到的人。我的孙女，你会问：'被梦到的人？'我会回答：'是的，被梦到的人。'

"因为是我梦到的他们。我梦到的他们，而不是梦里见到他们。死去的士兵每夜出现在我面前，比我还要警觉。他们从每一场战斗、每一个时空来到我面前。他们用长长的手臂摇晃着我，告诉我他们为新的战争而来。

"'什么战争？'我害怕地问。

"'即将开始的战争。'被梦到的人回答。

"我看着屋外。但只是为了转移他们的注意力。因为他们知道，除了我自己，我什么也看不见。我是一块裂开的土地，是比大地还宽阔的坟墓。

"这些被梦到的人太重了,拖着我的梦往下沉。因为他们背着击败他们的武器在行路。

"'请让我歇会儿吧。'我恳求他们。

"'开门的不是我们,'他们回答,'是你,你是做梦的人。'

"我指向我那小房间的墙壁,让他们看看地方有多小:'要不了多久,我就没办法再容下一个和你们一样的人了。'他们回答:'如果是这样,你就得自己离开梦境。'

"我想唤醒他们。我示意离我最近的一个人,准备对他耳语,他却打断我:'不必偷偷摸摸。你开口之前我们就听到你要说什么了。'

"'你们说的战争可能没这么快开始。'我争辩道。

"'如果那样的话,我们就朝你开枪。'

"'但我才是做梦的人。'

"'你已经不是了。现在是我们梦到你。'"

☙

讲完了夜晚的秘密后,特桑贾特洛挺直背脊,仿佛松了一口气。他让我递给他那张纸,他要亲自撕碎,扔到风里。他这样做了,在原地慢慢转圈,将碎片撒向四面八方。接着,他张开双臂直视太阳,大声喊:

"再见,被梦到的人。我要去一个自己能掌控梦境的地方。"

他向我告别。我一动不动地望着他远去,灵巧得像一抹影子。他的双脚耕耘着沙土,比土地还要古老,所有的祖先都在他的脚步中前行。

☙

我们的家园第一次遭到入侵时,祖父和我现在一样大。我们不理解为什么侵略者视我们为动物，他们更喜欢牛，而不是归顺他们的人。我们不理解为什么他们偷我们的牲畜，杀我们的族人，强奸我们的妇女。他们管我们叫廷绍罗——"牲口"。他们就是这么看待我们的：算上我们的时候当我们是奴隶，不算我们的时候当我们是畜生。他们靠着刀枪建立了帝国，代代相传，父传子，子传孙。如今，帝国的子孙恩昆昆哈内又来惩戒我们。

旷日持久的侵略改变了我的族人。以前我们总是分散而居，和邻居时时冲突。但这样的威胁使我们团结一致。我们成了"弓箭之族"乔皮人。我们一起抵抗恩古尼人的入侵，保留了我们的语言、文化和神灵。我们为这坚持付出了高昂的代价。特桑贾特洛的代价就是迷失于他自己的生命。

◌

祖父离家已经一年。一天早晨，一名信使来到我家，告诉我们祖父在他工作的矿井里失踪了。

"死了？"祖母毫无情绪地问。

不，没有死。就是迷路了。送信人这样回答。或者"迷路"不是准确的动词，他犹疑地补充说。

"好吧，反正是死了。"祖母总结道，"你带来的不是死亡消息吗？"

我给来客递上满满一个椰子壳的恩索佩酒。他没有动作，只是盯着酒看。不知道为什么，我回忆起一首童谣："信使的双脚多么美丽……"眼前这位信使的双脚仿佛走入了歌谣，带我远离村庄。

终于，送信人把椰壳送到嘴边。从来没有人喝东西这么慢。接下来要说的话让他不堪其重。他终于说出口：祖父特桑贾特洛未必是不知不觉迷路的。一切都指向一个结论，这位长者自己决定走失。

"自己的决定？"祖母感到奇怪，立刻得出结论："那他不是我的丈夫。"

一起工作的矿工中只流传着一个解释：特桑贾特洛决定永远生活在地下迷宫。我们的亲人决定自我放逐在地矿里，永远徘徊在黑暗中。有时候，矿工在晚上会听见有人在深处挖土。是特桑贾特洛在挖新的矿道。他在大地腹中辛勤工作，没有一个角落他不曾去过。我们的部族面临着整个崩塌的威胁，因为没有支撑的地面。

祖母笑了，不悲也不恼。她点评道："该死的家伙早该还我的彩礼……"

"或许你不会喜欢我接下来要说的话。"信使表示歉意。他把椰子壳递向我，让我给他满上。

"你接着说，我的朋友。"祖母鼓励他，"特桑贾特洛在地底迷路了？没有比这更好的消息了。"

然而，还有一件更严重的事情。这件事在矿工睡觉的场地流传。人们私底下说，一个女人时不时地下到矿道里给他送水和食物。这样，老特桑贾特洛才活了下来。

"一个女人？"祖母问，"你是说一个女人？"

我盯着祖母的脸庞，观察她漆黑的眼珠。既没有嫉妒，也没有惊讶。什么也没有，就连一片阴云也没有。送信人用手背在他颤动的嘴唇上抹了几下。还是没有擦干净。他鼓足勇气接着说。

"你会更不乐意知道其余的事情。"

"其余的？其余的什么？"

"实话实说，没人相信和他见面的是一个女人。"

"那是谁？一个鬼魂吗？"

"是一个男人。"

"男人？"

"一个特希帕。矿工里有一种男人,他们干女人的活计。实际上:你的丈夫和一个特希帕结婚了。"

这时祖母才受到了触动。嘲讽的表情换成了苦涩的惊讶面具。我们都听说过有矿工和别的男人"结婚",忘记了家乡的妻子。但是我们未曾想过祖父特桑贾特洛会成为他们的一员。

祖母猛地夺过不速之客手里盛着恩索佩酒的椰壳,扔在地上,赶送信人出去。等送信人消失了,她大喊着:

"特桑贾特洛已经不是一个人了!他是个死人。特桑贾特洛已经死了。"

她骂骂咧咧地走进家里,紧接着把丈夫所有的物品扔出门外。和其他寡妇一样,她举起棍子抽打那些物品,鞭打出死亡的脏污。她嗖嗖地挥动小枝条,宣判道:

"这只鼹鼠会在它挖的洞里腐烂。"

这些话听起来仿佛恶毒的诅咒。对我来说则相反:祖父告诉我们有一条出去的路。恩科科拉尼终究不是只有一条返家之路的小地方。他离开了,再也没有回来。

直到今天,在睡梦里,我还能听到他长长的手指抠挖着大地的腹部。他就是这样挖出我们白蚁巢旁埋葬的星星。就这样,我和母亲埋葬了有朝一日回到海边的梦想。

CR

正午,天气炎热,连苍蝇都困倦得不再飞来飞去。我们在后院纳凉。舅妈罗西清早就来我们家,一直待到现在,仿佛忘了她家在别处。她为自己的逗留找借口:路上肯定像火烧一样。现在这个点,太阳的火种到处散落,没有人能在地上行走。

母亲给她编辫子,取笑弟媳想把白头发藏在新编的辫子下面。父亲站起来，拿出一张从老教堂的一本书里偷来的彩页。他之前一直盯着这张纸，好像里面有治疗我们痛苦的方法。

"你们看见天使了吗？"

"我可没看见黑天使。"罗西挖苦父亲。她和母亲一同笑了。

"住嘴，这很严肃。我问你们：如果天使现在降临恩科科拉尼，我们要祈求什么？"

"如果存在的人都不倾听我们，向不存在的人祈求又有什么意义？"

"我会为伊玛尼求一位新郎。"罗西舅妈又开始奚落了。

"要是它们有桨，而不是翅膀就好了……"母亲叹了一口气。

我还在等父亲让我说出我的愿望。然而，他替我回答了。甚至不需要问我，他就确信我的秘密愿望是什么。

"不是吗，女儿？"

他挺直身体，将彩页拍在胸前，宣布他什么也不会祈求："我在思考，而且我也决定了，作为恩桑贝家族最年长的人，我今天要和魂灵谈话。"

"太阳还没升起，他就醉了。"母亲评论道。

那天晚上将在家里的墓地举行仪式追思特桑贾特洛，最重要的是要请求他为我们带来和平。比起葡萄牙人的友善，我们更需要祖先的恩典。这项仪式让我们家分成了两派：对一些人，比如祖母和父亲，祖父已经死去；对其他人——包括我——特桑贾特洛只是在一条漫长而幽黑的矿道里踽踽独行。有一天，他会被推出矿道，就像第二次出生。

CR

仪式的准备工作需要所有人参与。我的工作离家最远：整个下午我都在捡柴火。我捡起树枝和棍子夹在腋下，就像身体的部件在胳膊下重新拼接。和恩科科拉尼所有妻子一样，母亲晚上堆起大堆柴火。她们无一例外都是这样做的。早上,当房子出生时,柴火已经点燃了。这样男人就不用生火了。我们村子里,点火是丈夫专属的工作。

天渐渐黑了,柴火还没有完全码好放在院子里。教堂的钟声兀自响起,惊起了飞鸟,村民匆忙逃回家中。村里的瞎子从未踏出家门,此刻却出现在广场。很多年前,他从战场回来,看起来安然无恙。但是战争进到了他的大脑,从内部抹去了他的眼睛。

瞎子听着四周鸟儿振翅的声音,宣布:

"我的兄弟们,它们是最后的鸟群!仔细看看它们,它们再也不会回来了。"

他转着圈,仿佛在失明的双脚上起舞,双手张开,如打开的翅膀。

"让我们挥别这些飞鸟,它们让天空有了高度。我们挥别,因为明天飞翔在恩科科拉尼上空的只有子弹。"

他在黑暗中用双手摸索着回到家。盘旋着的神秘钟声对我来说是一种召唤,提醒我其他的神灵在呼唤我们的注意。我停下了整理柴火,忘记剩下的任务。借着微弱的光,我走向破落的教堂。教堂是一个简陋的小屋子,破败不堪,已经很久没有人去过了。甚至上帝也不在场。据说在那儿举行过弥撒,很多新加入的基督徒都在那儿受教。可是自从最后一位神父离开这儿去伊尼扬巴内,它就逐渐衰弱、凋零,就像无数非洲魂灵之间的一座孤岛。我也是在一座小教堂学会的识字和数数,就像这所教堂以前的样子。

*

在空旷的小教堂是无法寻到我们内心的上帝的。我回想起马科马尼教堂热闹的时光,神父鲁道夫一直自言自语:

"宗主国的人说,黑人没有灵魂。事实正相反:他们的灵魂太多了……"

或许神父是对的。但是，那时候，我没有灵魂可言。我跪下来，耳朵凑近地面。我听见特桑贾特洛在挖土，想来到地面。可是石头太多，祖父的手指虚弱而疲惫。

钟声再次敲响，禁锢在废墟之中的猫头鹰飞过我头顶。我踏上铺着羽毛的地面，好像走在月光之上。老话说，猫头鹰的羽毛很轻，永远不会坠落。那天晚上，羽毛会疯狂地旋转上升，直到粘在屋顶上。在屋顶上，它们变成身体和翅膀：天使诞生了。那个晚上，我会像狗一样发狂。我的嚎叫会让最胆大的人感到战栗。正如母亲说的：只需要一小片月光就足以让我发疯。

我离开的时候，钟声仍在飘荡，被看不见的手敲响。我回到家，确信不可能在教堂找到祖父。其他人都已经离开，去举行仪式，召唤从未死亡的亡魂，我选择了另一种方式纪念祖父。我像拥抱整个大地一般拥抱白蚁巢。那是我们家族的祭坛，是我们的迪甘德洛，是神树桃花心木生长的地方。在那里，我曾系上白布。在那里，我曾听特桑贾特洛说话，就像听天使挥动翅膀。

✿

特桑贾特洛靠在白蚁巢上，讲述着一个老掉牙又冗长的寓言故事。晚上，神灵允许他讲故事。这一回，他编了一个新的故事。他站起来，佯装夜晚的厚重。他讲话时，仿佛在用一种从他的语言里新生的语言表达。仿佛只有神灵听他说话。这是特桑贾特洛讲的故事：

"某地曾发生过一场古老的战争，那时还没有一个地方有名字。战争蓄势待发，彼时，战士们信心十足，看不见自己身上的脆弱和恐惧。两军列队对峙，突然，一道巨大的光亮撕裂天空。灼热的星火划过苍穹。士兵眼前一黑，统统倒下。恢复神智后，他们失去了记忆，不明白手里为什么拿着武器。他们扔下矛和盾,面面相觑,不知该做什么。直到两方首领困惑地相互问候。接着,士兵相互拥抱。他们再环顾四周时,再看不见要征服的领土,只有耕地。

"终于,人群散去。回家的路上,他们听见唯一的女人用绵延不绝的声音哼唱最古老的摇篮曲。"

第十章
中士的第五封信

恩科科拉尼，1895年4月5日

尊敬的若泽·德·阿尔梅达参事：

　　昨天，我走水路前往希科莫，参加了北科卢纳的军官会议。此次会议分析了我们在曼雅卡泽与贡古尼亚内军事总部对战的进展和困难。您将亲自收到会议的详细报告。

　　第二天，我和您的副官，我们的朋友马里亚诺·弗拉加塔，一起回恩科科拉尼。整个上午，我们坐着独木舟顺伊尼亚里梅河而下。途中，左岸有一个人叫我们停下。那是一位高大的黑人，仪表堂堂，年纪不轻。他挥动手臂，想引起我们的注意。我不顾独木舟上所有人的反对，下令停船。黑人向我问好，既顺从又矜持高贵，他比手画脚地向我提出了一个极奇怪的请求：修改他证件上的出生日期。他需要更新在南非矿区的工作许可，不能坦白真实年龄。他自我介绍了一番，还请求不要让恩科科拉尼的任何人知道他的出现。

　　"我是特桑贾特洛，恩桑贝家族最年长的人。老板一定在恩科科拉尼见过我的孙子穆瓦纳图和孙女伊玛尼了，他们是卡塔尼和希卡泽的孩子。"

　　他身边站着另外一个毫不起眼的矿工，仿佛只是一个影子，但是他帮忙翻译了后来的对话。他是出生于洛伦索·马贵斯的兰丁人，已经完全适应了我们的习俗。

"我不能伪造你的证件。"我开始解释。

"谁说是伪造了?"

"你,是你要求改日期的。"

"只是改个日期,没有撒谎。因为没人知道我具体哪天出生。或者您知道吗?"

"我怎么会知道。"

"再说,葡萄牙人现在是我们的父母。您是我的父亲。您怎么能拒绝儿子的请求?拒绝一个比父亲还要年老的儿子?"

弗拉加塔方才一直离得远远的,他走到船头,想结束这段冗长的对话。老黑人眯着眼睛,抬起一只手臂:

"我记得您。"他说。

"我完全没有印象。"

"老板您的牙是金的。我是特桑贾特洛,商队的头领,您不记得了吗?我为您的部队运送武器……"

马里亚诺·弗拉加塔逆着光线,侧头端详这个人。接着,他下船拥抱了黑人。他们在翻译的帮助下,像战友般庆祝重逢。后来,弗拉加塔看出我的好奇,解释道:

"这家伙在我之前从没见过一个白人。他还以为我和我的马是一体的。"

两人都笑了。葡萄牙人笑得节制、隐忍,严格克制的快乐。非洲人放声大笑,仿佛滔滔河水泛滥。我必须承认,那豪迈的笑声激起了我心中无法抑制的愤怒,仿佛我面对着魔鬼的挑衅。这些突然的粗俗举止,再次使我产生了一种可悲的怀疑:无论我们怎么教他们我们的语言,无论他们在十字架前跪拜多少次,黑人永远只是野蛮的孩子。

之后,弗拉加塔要我们暂作休息,分一些食物和水给两位矿工。我们在茂密的树荫下坐下后,副官才开始解释这位老黑人的身份。他曾是一位商队首领,很多年前与弗拉加塔所在的先锋队接触过,为他们运送武器和粮食。这些活儿对我们早期的军营建设至关重要。特桑贾特洛在那个时期远近闻名,颇有声望。不论在加扎王国,还是葡萄牙的王属领地,他的商队都畅通无阻。当地首领收钱保护他们免受武装强盗的袭击。现在站在我们面前骨瘦如柴、衣衫褴褛的人,就是当年的老盟友。

"是呀,你是老特桑贾特洛!你如今成了矿工啦?"

"老板呢?你的金牙还在吗?"

我们的弗拉加塔假装生气,却还是扯起嘴唇,露出在强烈的日光下闪闪发光的金牙。"还在呢,我的老特桑贾特洛,而且会一直在。"他大声说。看着弗拉加塔的一口牙齿,老人突然懊恼地啧了一下嘴。

"怎么了?"我见他突然变了脸色,问道。

"这颗牙齿只是开始。"黑人说。

"开始?什么的开始?"

黑人回答说弗拉加塔的整副骨架都会变成黄金。他的骨头和连他自己都不知道有的细骨会变得沉重。简言之,我们的朋友正在变成一座金矿。凭借多年的矿工经验,特桑贾特洛警告说:

"他们会杀了您,老板。他们会像开矿一样剖开你的腹部。如果我是你,我会拔掉这颗牙齿。还是您觉得作为一个白人可以逃过一劫?"

我们因为这胡言乱语隐隐发笑。我们给他上了红酒和军用压缩饼干。他和他的朋友细嚼慢咽地品味。老人想知道我的情况,我就给他讲,我初来非洲大地的境遇。他立刻表现出异常的好奇:

"我可以问您一个问题吗:葡萄牙有多大?"

"我不明白这个问题。"

"您知道非洲大地有多大吗?连我们都不知道,我的老板。我们的土地过于广袤,我们用渡过的河流来丈量旅程。您正在穿过这一条河流。我都已经忘记自己渡过多少条河了。"

他停下来。我还是没有理解，直到弗拉加塔向我解释：黑人在提醒我，为了蹚过前方的河流，我还要受很多苦。渡河的艰难难以想象，要带着人、牛群、马群、大炮和弹药涉水穿过险恶的河床。弗拉加塔认为黑人的话是对的。我的同伴还说，渡河是战争中的战争。我们的武器越多，准备就越不足。

天色已晚，弗拉加塔试图说服黑人和我们一起去恩科科拉尼。矿工特桑贾特洛断然拒绝。他解释自己已经离开村子多年，不会受到欢迎。他想逃避失望。为什么人们不欢迎他呢？他苦闷地说：大家都知道，留下的人对有勇气离开的人怀恨在心。

谈话到此结束。老矿工起身的时候我才真正意识到他的瘦削。他更像一根桅杆，而不是一个人。然而，他的羸弱只是表象，就像这片大地上，一切都是假象和幻觉。他从从容容地道别，仿佛迟缓是一种礼节。他握着弗拉加塔的手迟迟不放，殷切地请求他拔掉金牙。

"保重啊，老板。我们这些矿工下井是因为相信你们的神。"

老黑人这么说。我没理解为什么，对我来说这是大言不惭的异端。为什么他要说"我们"的神呢？于是，特桑贾特洛问我——而不是问弗拉加塔：

"黄金、钻石，老板觉得这些矿石属于谁？"

"嗯，属于开采它们的人。"

"恰恰相反，我的先生。它们属于放置它们的人。播下矿石的是祖先的魂灵。我来问你，你们白人征求过同意吗？"

"我们问了你们的首领。"

"哪些？"

"统治那些矿区的首领。"

"那些首领无法管辖土地，也不能管理地下的东西。所以我才说，"黑人继续道,"最好是你们的神可以保护我们。因为我们早已失去我们的神灵的庇护。"

弗拉加塔过几天就要回伊尼扬巴内,可惜听了这次别具一格的对话后,接下来的旅程他都一直闷闷不乐。我坚信我们的同胞被黑人幼稚的迷信触动了。实际上,我本人也被颓唐的情绪击倒了。参事先生,我们在这些热带地区染上的是什么病啊?

我记下这个插曲,因为我了解您的感受力。或者,谁知道呢,您也需要忘记几个世纪以来,我们在展现微弱的力量时上演的闹剧?希科莫一行,特别是渡河,唤起了我心中最煎熬的疑问。国王从未踏足的土地是怎样的王属领地?卡洛斯一世有没有想过要视察海外属地?如果国王来到这里,这就是他们希望他看到的非洲吗?每一个问题都在折磨着我。我之所以和您分享,是因为我觉得,写在纸上可以偷走它们的重量。

我回想起黑人特桑贾特洛将非洲大地和葡萄牙做比较,以一种近乎诗意的方式说明非洲大地的广袤。黑人的话引起了我的另一个疑问:我们的土地能有这么广阔吗?一张世界地图都装不下的土地能成为卢西塔尼亚的财产吗?

在南非的英国人指责我们损害了白人种族的威信。他们甚至提议聘用布尔雇佣兵来平息兰丁人的叛乱,对付桀骜不驯的贡古尼亚内。或许吸纳外国雇佣兵加入我们队伍是正确的。如果我们能屈辱地接受英国人的最后通牒[1],我们更应该放弃一小块土地,以此挽救我们在实际统治区的尊严。

附言:您鼓励我在书信中语气更随意一些。您说您疲于处理正式文件,就像疲于外宿。您请我像朋友一样写信,而不要写报告。对我来说,

---

[1] 1890年,英国向葡萄牙发出"最后的通牒",要求葡方在涉及安哥拉和莫桑比克领土边界的问题上让步。

您这些宽容之语是真正的祝福。这样的话，亲爱的若泽·德·阿尔梅达参事，今后我会使用更亲近的语气。

　　因此，基于朋友之间的信任，我向您汇报这天晚上发生的事。我睡着了，仿佛远离了自己，或者说我的身体仿佛比非洲腹地还要辽阔。我睡得并不安稳，感觉一条河流淌过我的睡梦。醒来时，老矿工特桑贾特洛坐在床尾。他像一只黑天鹅，安静地滑行，房间里漫溢出流水声。我于是明白，床是一条独木舟。矿工划着桨，我向他伸出手臂，恳求他："教我大笑，特桑贾特洛！教我！"

　　非洲燥热的夜晚唤起怪异的梦。事实是，这种错乱一直烦扰着我。我不停地回忆起童年的家，它位于葡萄牙北部一个寒冷的村庄。在我的第一个家，笑声被挡在门外，快乐必须在门口的破旧地毯上蹭干净脚。父亲庄重严肃地穿着黑衣服，仿佛我们在为世界上所有的死亡服丧。在漆黑的夜色里，整个房子已经沉睡，母亲蹑手蹑脚来向我道晚安，生怕吵醒丈夫。"你父亲不让我吻你。"她低声说。接着，喃喃道："你父亲担心，如果我太像母亲，我就没有那么完整地属于他了。"她小声地给我讲故事。都是一些简单的寓言故事，有些逗人笑，有些催人哭。然而，那时候，我已经学会了止住泪水，吞下笑声。

　　我在阴影里出生和成长。我的家有孤儿院的气味和安静。我生来就应该是好士兵。

第十一章
飞蛾的罪

> 谋划复仇的人相信未来可期。那是一个谎言:复仇者只活在过去。他不只是为死者复仇。他本身已经死去。为过去所杀死。

我们知道父亲醒了,因为我们听到他在哑巴嘴。整个村子都能听到。村民一致认为:卡蒂尼把自己挖出来了。这是个玩笑,却也是一个警告。得小心从梦中醒来的人:他的脚上沾着众神的尘土。

一天清晨,父亲安静地醒来。他拿着一个大口袋,匆忙离家前往小儿子驻扎的军营。他出其不意地命令儿子跟着他。之后,他朝河边走去,动员起路上遇见的年轻人,让所有人带上锄头,跟上队伍。他穿过稻田,停下来注视着宽阔的河谷。稻田象征着反抗,舅舅穆西西为此无比自豪。恩古尼人禁止我们种植水稻。他们说这是"白人的食物"。但那只是借口。事实是:小粒的稻米不好做酒。如果我们种玉米,他们可以抢夺更多更好的东西。

他们一群人来到河边,这里已是另一番景象:土地上全种着玉米。我们经过的稻田只是微小且短暂的僭越。我们已经放弃了我们的其他所有食物:高粱和珍珠粟。穆西西是对的:我们已经在模仿入侵者了。我们以最内在的方式模仿他们:吃他们吃的食物。

父亲爬上一座白蚁巢,检阅着自己的小部队,然后仰头望向天空,直到双眼盛满日光。下来的时候,他头晕目眩,踉跄着收起所有人的锄头,胡乱堆在一处。接着,他开始分发一罐罐石蜡,命令大家向堆放的农具点火。

"我们不需要它们了。"他说,"如果需要锄地,我们就用这根骨头。"他举起从大口袋里拿出的大象肋骨,像举起一根长矛,吼道:"第一把火点燃后,我们要去烧田,平原上不会再绿油油的一片。"

年轻人惊恐地退后。面对普遍的困惑,卡蒂尼愤怒地大吼:"照我说的做。我没有疯,听我的!"

少年们惊慌失措,纷纷逃跑。只剩父子俩孤独地站在浓烟和火海中。没过多久,整个村子的人拿着绿色的枝条来扑火。一群人跑来辱骂和殴打我的老父亲。穆瓦纳图穿着那身可笑的制服,拦在中间,口中声称:"……我以葡萄牙王室的名义,命令你们放过这个黑人。"

他们拽着卡蒂尼,叫嚷着:"绑起来,绑起来!"他们想找到有洞的树干,把纵火犯的手脚牢牢地固定在上面。卡蒂尼很幸运,所有的树干都被火焰吞噬了。他肿起的脸上满是鲜血,挤出力气哀叹:

"你们这些蛮横无知的黑人,不知道我是在救你们的命吗?"

对他来说一切显而易见:北部来的士兵饥肠辘辘。指引他们的不是仇恨,而是饥饿。一听说我们有耕地,他们一定会来袭击我们。这正是他想避免的。我们的贫穷是抵御入侵者最有用的盾牌。没人会去攻击一无所有的人。

村民回到村里,向我投来看向孤儿的目光。父亲在我身后用大象的肋骨挠着地面。有一刻,我觉得他在给自己掘墓。

CR

回到家,母亲假装对那天下午发生的事一无所知。父亲坐在象骨上,徒劳地等着妻子的关注。母亲跪在大陶罐前忙碌：她把手伸到水中，仔细地搓洗手指。士兵的事仍让她感到不安。一道血痕难以消褪，留在她皮肤上，鱼腥味也迟迟不能从她的记忆中剥落。

最后，她坐在地上，手肘撑着膝盖，似乎是为了支撑自己不要倒下。

"母亲，你为什么不进去？"

她摇摇头。"里面"更不安全。嫉妒选择长住在我家。尽管我们的房子是木头和泥土做的，却是村里的独一家。白色的墙壁，色彩明亮的门，敞亮的里间，分区的居室，矩形的结构，屋前开阔的阳台：所有这些都使我们与众不同。

在别人家，桃花心木油作燃料的传统油灯希佩福早就不亮了。而我家门廊上挂着的两盏石油灯台标志了恩桑贝一氏的特权。飞蛾在光源附近乱舞。它们仿佛墙上凸起的一块块石灰，从墙面涌出，疯狂地舞蹈。父亲说，飞蛾前世是白日的蝴蝶，为自己的美貌倾倒。因为虚荣遭受了惩罚，从白日的光中驱离。因为思念太阳，它们才不要命地扑向油灯。灯罩是它们的最后一面镜子。

对我来说，飞蛾恰似我的祖母拉耶卢阿内：被炙热的火花击中，以光的轻盈落下。没有什么可以伤害它们。祖母在每一只飞蛾的坠落中重生，又走向死亡。

夜晚似乎在翅膀的殉难里一点点燃尽，突然，父亲举起一只手臂，提醒道：

"我听见金属叮叮当当的声音，你们猜是什么？"

"丈夫，求你了……"

"那个拖着螺丝钉的人，只有你的兄弟穆西西了。"

"求你了，丈夫，不要和他吵架。我们是一家人，我们只活一次。"

卡蒂尼对穆西西的憎恶由来已久，无可救药，起源于些微的嫉妒。事实上，我父亲从未当过兵。他缺少这一成为完整男人的证明。

在一场他依旧缺席的战斗中，乔皮人和葡萄牙人一起对战恩昆昆哈内的士兵。交锋中，舅舅被我方的人射中。对卡蒂尼来说，这次事故只证实了一件事：杀死我们的子弹不是外面的，而是来自内部。他这么说的。

"瞧这穆西西在那儿走来走去，闪闪发光，耀武扬威……他一点都不勇猛，那是一场意外。"

事情是这样的：一位葡萄牙士兵将穆西西认作了敌人。开枪的人预先获得了宽恕。对葡萄牙人来说，非洲人，不管是敌是友，都是模糊的一团：白天是黑的；晚上也是黑的。子弹射入穆西西的脊柱，留在了那里，表面上既没有危险，也没有并发症。然而子弹在体内获得了生命，椎骨一节接着一节地变成了金属。它们变成了子弹，和最初那颗同样致命。舅舅一动弹，就听见生锈的合页折叠的声音。穆西西再也没有从那场意外中走出来。无论他去哪里，战争都在他体内。

母亲因为这种无解的嫉妒大笑起来。男人上战场是为了被等待。无论输赢，回家的士兵都比出发时更伟岸。战士从战场回来展示伤疤，期待至高的抚慰，即爱人的怀抱。然而，他最想寻求的不是爱人的安慰。他想忘记，想抹去自己。卡蒂尼不需要安抚也不用忘记。音乐是他寻找自我和与自我斗争的地方。音乐是他的王国。美酒是他的王座。

罗西舅妈对于两人的不和有不同的理解，认为他们的隔阂是因为权力的斗争。祖父特桑贾特洛离开后，卡蒂尼掌管着整个恩桑贝家族。穆西西不接受这点。

对我来说，他们的敌对还有另一种解释：那致命的一枪打出了两颗子弹。第一颗射中了舅舅穆西西。另一颗射中了我老父亲的灵魂。这就是为什么没有一个晚上,他不是在子弹的呼啸声中惊醒。他气喘吁吁地坐在席子上,瞥见一只铁鸟急速地破空而来,速度快得他都来不及从困意中清醒。他把被子拉到头上,抵挡致命的信使。过去最可怕的地方就是它尚未来临。

CR

在漆黑的夜里,我的父亲正确地预测了即将到来的客人。他听到的未必是拖动金属的声音。但是响亮的敲门声宣布了舅舅穆西西的到来。他心烦意乱地告诉我们,附近发现了敌军。

"我们知道,"我说,"我们知道他们就在附近出没。"

"我们什么也不知道!"他的姐姐立即纠正。

她一字一句地强调:"我们——什么——也——不知道。"她的眼神吓退了我们说话的勇气。她不想任何人知道我们遭遇了恩古尼士兵。

舅舅穆西西复述了从平原上巡逻的士兵那里听来的话:恩昆昆哈内的军队已经遍布伊尼亚里梅平原。他们正像红蚁一样前进。加扎国王要把首都从莫苏里泽迁到曼雅卡泽。

"我向你们保证:世上从未有如此多的人在一起行军。"

我不理解接下来的沉默。那是一种哀悼,覆盖了我们预见的死亡。我们第一次遭到入侵时,我还是个孩子。因此,局势的紧张对我来说无法感触。

"杜布拉和穆瓦纳图在哪儿?"舅舅打破了沉默。

"你很清楚,你的外甥们已经不在家里住了。"

"看着门,伊玛尼。"舅舅命令我。他说:"我们谈这些事的时候,我不希望他们在场。不能相信你的任何一个兄弟。"

舅舅靠近火堆坐着,脸上的划痕在火光的映照下闪闪发光。每一道划痕对应着一个敌人的死亡。对我父亲来说，那些文身都是假的。穆西西从来不敢杀人。他，卡蒂尼，至少有孩子，有的活着，有的死了。穆西西的孩子从未能出生。他正是我想成为的：一棵干枯的树。

∽

"饭好了！"

母亲冷着脸叫我们坐下。她命令我端着一盆水围着桌子给男人们洗手。乌苏阿盛在陶罐里，旁边另一个盘子里放着咖喱鱼干。一时间手指翻飞，仿佛一场精心设计的舞蹈，除了细细的咀嚼，没有一点声音。直到舅舅穆西西举起沾着面粉的手指，口齿不清地说：

"现在又要开战了。"

他突然变白的手指在黑暗中舞动，仿佛在他身体之外获得了生命。父亲以他一贯的好心好意，决定站出来，减轻大家的痛苦：

"我们正在吃饭，小舅子。"

"然后呢？"

"有些事别在吃饭的时候说。再说，战争永远不会开始。等我们觉察到它，它早就发生了。"

他等了一段时间，寻味这段对话。在他看来，世界上所有的冲突都源于同一场古老的战争。

"我们要不要去通知葡萄牙人？"母亲说，不理会丈夫的长篇大论。

"绝不行！"舅舅断然拒绝。"这是我们的事情，葡萄牙人已经过度干涉我们的生活。我不像你的丈夫，已经不知道自己是谁，从哪里来。"

"我是真正的乔皮人。我和你一样，我的小舅子。"

"不要叫我乔皮人！起这个名的是那些入侵者。我是伦格人，这是我们最早的名字。我擅长弓箭，爱吃鱼，而且做仪式时不杀牛。"

"你呀,我亲爱的小舅子,你对祖先的忠诚可不如我。"

母亲起身,她的双臂举在空中,仿佛要阻止天塌下来。她说:

"够了,够了!敌人就在家门口,你们还在吵?我们别无选择:明天去找葡萄牙人,就像以前一样。"

"你不明白,我的姐姐。葡萄牙人抛弃了我们。我们只能听天由命。"

"你们不想去,我就自己去。"母亲回答。

"你要去哪儿?"父亲问。

"我要去见中士。"

"你不能去,老婆。"父亲突然受到男性尊严的驱使。"我是家里的男人,我去。"

他又重复了十几遍:"我去中士家。"就这样,我们知道他的承诺不作数。舅舅穆西西出门时,扫视了四周,问道:

"话说,我亲爱的姐夫:我留给你的步枪呢?"

父亲耸耸肩,不悦地问道:"什么步枪?"真相不难猜测:父亲用枪筒做了蒸酒器的管子。对他来说,武器的价值仅在于此:拆掉重新做成别的更有价值的事物。还有比蒸酒器更有价值的东西吗?

"我会和葡萄牙人谈的!"

"你只要叫你的儿子们远离这些事。"穆西西提醒他。

"我说过,"母亲说,"谁也不要在这里谈论别人的孩子。"

舅舅离开后,母亲叫我过去,她指着家里附近的灌木丛说:"你看看上面都是蝗虫。战争马上就要降临。"

第十二章
中士的第六封信

恩科科拉尼，1895年5月10日

尊敬的若泽·德·阿尔梅达参事：

今天我核查了军营现有的武器。正如这栋建筑无法称为军营一样，堆积在这里的废铜烂铁也不能称之为武器。正因为它们一文不值，已故的萨尔迪尼亚才没有用它们去挣钱。情况是这样的：除了我自己带来的步枪，这里没有一件有用的武器。当地的百姓相信此处囤积着数目可观的军火。让他们想去吧。这个谎言是军营的唯一用途。

听说附近的尼亚贡德尔村，也有一个类似的军营。同样成了废墟，一片荒芜。唯一不同的是，派去驻守那里的中士是一个可怜的黑人。鉴于那个情况，我能估摸出别人不会给我尊重。先生，如果没有给您写信，我将无法承受自身的孤独。上帝原谅我，但我宁愿留在波尔图做囚犯，也不愿忍受痛苦的流放。您或许不会读我的信。又或许永远不会回信。但我坚持写信，就像溺水的人顽强地浮出水面。只有在书写时，我才能感到活着，感到可以做梦。

您知道我在这里为数不多的消遣活动是什么吗？反复盘点军营的武器。它们的确老旧过时。然而，碰触它们会让我重温在军校那几年磨炼出来的激情。在成堆的旧文件中，我找到了英国人和祖鲁人战争的记录。这些文件表明，欧洲人最严重的弱点在于步枪重新上膛的时间。这段时间与其说死气沉沉，不如说它是致命的。

我必须承认，我对决定购进名为"克罗巴查克"的奥地利连发步枪感到惊讶。不是因为枪械本身。而是因为我们做出了这个决定。因为我们是率先在非洲采用克罗巴查克步枪的军队。我会进一步解释，请您不要失去耐心，继续读下去。我们做出这个选择的那一刻，就取得了一场惊人的胜利。您知道谁是我们战胜的人吗？是我们自己，葡萄牙人。我告诉您，步枪已经战胜了我们，是因为它打败了我们那种事事模仿英国人的狭隘精神。原谅我得出如此大胆的结论，但是这样才能战无不胜：我们首先要战胜自己。

您很清楚，在葡萄牙抱怨非洲战争靡费无度的声量越来越大。讽刺的是，这里根本没有战争。如果有的话，我们会被毫不留情地屠杀，没有克罗巴查克来拯救我们。

我承认，这样的悲观情绪可能源于我经历的悲剧。杂货店老板萨尔迪尼亚的自杀给我留下了难以想象的痛苦。我不能忘记有一位同胞躺在我的院子里，没有墓碑，没有棺木。这位葡萄牙人可能有天大的罪过，却连辩解的机会都没有。扣下扳机的是他的手指。下判决的却是我。承受萨尔迪尼亚尸骨之重的不是大地，而是我失眠的夜晚。

我知道我在说什么，因为，我曾和萨尔迪尼亚一样遭到即决审判，无论相隔多远，我都无法忘记我所遭受的不公平的流放。即使我已经到了非洲！我的一部分永远留在了波尔图的广场上，那一天，我自己的军队射出的子弹擦过我的皮肤。和1月31日的起义相比，更让我难以忘怀的是我和其他反叛者从监牢被押上船的那天。我们由重兵押送，穿过街道和莱索斯港。他们不害怕我们。他们害怕的是满城民众的反应。我第一次为身上的制服感到自豪。但是，待我们走到船上，这种自豪感转瞬即逝。这里是战争委员会，将审判我们。我们的统治者多么懦弱。把我们藏在民众视线以外的地方还不够，还要将审判的闹剧藏匿在大海的迷雾中。奇妙的是，我登上的小船名字就叫莫桑比克号。当时我并不知道，军事法庭即将决定把我流放到同名的殖民地。

很难描述我在船上等待审判的经历。我们等了很多天，经受了接二连三的风暴，饥饿和晕船让我们头晕目眩，审判的时候，我们已经形容枯槁，甚至失去回答最简单问题的审慎。实际上，审慎对我们没什么用处：我们全被判处流放，无论是平民还是军人，无辜或有罪，司法连佯装公正都不肯。

被捕的人里有一名老教授，他回忆起法国历史上一桩奇怪的事件。天主教国王得知新教领袖即将进城，便命令军队将其包围，就地屠杀。接到命令的军官问进城后该如何区分新教领袖和其他民众。国王回答说："把他们都杀了，上帝会认出他的信徒。"

我很想忘记那些致使我流放的痛苦。但是洛伦索·马贵斯冲突事件后，我成了行刑队的一员，所有的过去又浮现在我脑海中。我们的步枪瞄准着一群前日抓获的叛乱黑人。和往常一样，行刑队里只有葡萄牙人。

罪犯在我面前一字排开：他们都是少年，甚至可以说是孩童。没有人经过审判，没有人听他们用葡语或他们的母语辩解。将死之人没有声音。那一刻，不知何故，或许是因为恐惧，又或是其他不好的念头，我不由想到，这些将死之人生来就背负着足够的罪孽：他们的种族，他们未曾有过的神灵。但是奇怪的麻烦事发生了：我的扳机卡住了。就在那一刻，我意识到那不是简单的技术问题，而是一个悲伤的预兆。我重新扣动扳机，霎时间，爆炸，闪光，灼烧，接踵而来。子弹在枪膛里爆炸了。

在我身上留下烙印的不是伤痛，那只是轻伤，很快就会好。然而，对我来说，意外发生的原因深不可测。它是一个讯息，来自另一个连魔鬼都不会居住的地狱。子弹不是在枪膛里爆炸，而是在我体内的脏腑里。火药经由我的双手倾泻出我全部的生命，就像火热的熔岩。

我不能停止思考，那些肤色与外貌与我迥然不同的年轻黑人，竟然和我如此相似。我和他们一样叛逆，我和他们一样，曾用枪直指强权。或许正因如此，扳机卡住了，子弹在枪膛炸响。那颗子弹永远在我体内燃烧。如果我是鸟，翅膀上有那么多颗粒，应该早就坠落了。

第十三章
誓约和承诺

战争是一位助产士,从世界的腹中拽出另一个世界。它这么做不是出于愤怒或其他任何感情,这是它的职业:它的手探入时间,带着鱼的高傲,自以为可以在海中掀起波浪。

我走在恩科科拉尼的路上,经过生长着橙子树的街道。橙子树开花了,甜甜的馨香在村子里飘散。橙子树也许不能驱魔。但它们可以召唤远方的魂灵。特桑贾特洛说,这些树的根在另一块大陆。

我沉醉在浓郁的香气中,几乎忘记了我的目的地,那座无法逃避的葡萄牙军营。我换了一条路,加快步伐。我必须赶在我的亲人之前到达。他们很快就会去拜访热尔马诺·德·梅洛,请求他保护我们免受恩昆昆哈内南下大军的迫害。

热尔马诺·德·梅洛中士站在门口,他绝望的神色远远就能瞧见:

"快来,伊玛尼!"

"怎么了,中士?"

"又是我该死的手!我的手没了,该死的手。看看,看看:我又弄丢了我的手。"

他瞪着眼睛,漫无目地在屋里踱步。他确信一件事:他的手消失了。他像盲人一样行走:双臂前伸,颤颤巍巍,比他的声音还要抖。"我没手了。"他慌乱地重复。

他感觉不到自己的双手,这件事的发生频率越来越高。于是,他变得像孩子一样笨拙而依赖。这是我来之前不久发生的事:他的双手变得越来越模糊。然后,渐渐透明起来,直至完全消失,失去了重量,也失去了曾经属于他的记忆。

"坐下,热尔马诺中士。我去烧水,给你洗手。"

"可是洗什么手,我都没手了?"

"我给你洗洗胳膊,擦擦手腕。一会儿你就看见你的手了。"

恐惧源于一次枪械事故。他从来没和我说过细节。我也没问过。黑暗的记忆像一个深渊:任何人都不应向它探身。

"我生了重病,伊玛尼。人们说,非洲会传染疾病。我得病了,因为非洲,整个非洲。"

CR

老卡蒂尼一定会因为我比他更早拜访中士而生气。他本来希望由他而不是别人向中士提出请求,让他帮助我们抵抗恩古尼的侵犯。然而,没有人比我更适合用准确的葡语来表达族人的恐惧。

我这样想着,走进了军营的大门。适应黑暗以后,我发现这里没有任何变化。老房子仍是杂货店和军营的杂糅。某种程度上,甚至变得更糟糕了:武器和货物,制服和印花布,军事报告和账簿,全都混在一起。许诺要建造的军营早已停工。工事永远不完工,士兵迟迟不到来。承诺从非洲大陆另一端来的安哥拉雇佣兵永远不会到来。

一个假营地和一支不存在的部队:这是热尔马诺指挥的空旷。难怪那一刻他注视着自己的双臂,仿佛从未见过它们。

"您的哨兵,我的弟弟穆瓦纳图呢?我在门口没看见他。"

"我让他今天休息。"

我发现中士的一只膝盖在流血。应该是碰到某个箱子角受伤了。不少苍蝇在他的伤口周围飞来飞去。

"我们得清洗一下伤口。"我挥挥沾湿的布。

"你洗吧,但是苍蝇永远不会离开。"

"为什么不会呢?"

"苍蝇已经在我体内了。它们正从我的身体里飞出来。我已经腐烂了,伊玛尼。"

我走到墙边,拿起挂在墙上的步枪,放在热尔马诺怀里。

"来,拿着枪。"

"我做不到。我的手还没有恢复。"

◈

葡萄牙人抱怨自己看不见双手?而我感觉不到自己的灵魂。自从得知祖母死时没有留下任何遗骨落入大地,我就感觉不到灵魂了。我的母亲会以同样的方式死亡,而我会回归最初的名字——灰烬:没有手,没有身体,没有心灵。

我跪在葡萄牙人身边,这样想着。等待与绝望已经要把热尔马诺变成一个面目全非的生物。几个月来,白人男子一直保持着优雅的举止,穿着熨帖的军装,如今却顺从地屈服于一个黑人姑娘的照顾。

我祈祷任何亲戚不要在这时候走进门来,撞见我用温水擦洗他的手臂。无论怎么拿这个白人很特殊来辩护都没有用。在所有人眼里,我都会是一个巫女,最后被判处死刑。这是恩科科拉尼的瓦洛伊[1]唯一的宿命。

---

[1] 指巫女。

"来，拿着枪。"我坚持说，"用你的手抓住。它们是你的手……"

他的手指慢慢地拢住步枪，像盲人一样笨拙。出乎我的意料，他举起枪，贴近耳朵。他的脸贴在枪托上，静止了一会儿，仿佛在沉默中摸索。

"在我的家乡，人们可以用这种方法判断一把枪杀死过多少人。你知道怎么做吗？枪托里能听见死者的尖叫。你为什么笑？我的家乡也有信仰，和你们一样。"

"这把枪杀过人吗？"

"没有，它还在等着亮相。这是一把马提尼-亨利。全新的。"

他把步枪放在我怀里，起身去柜子里取另一把。我求他把枪拿走。他露出苦涩的惊讶：

"你害怕了？抬起胳膊。就是这样，抬起来。你的手臂就是武器，最精准的武器。步枪只是手臂的延续，是你的手、你的欲望的延续。"

葡萄牙人的手在我的手臂、肩膀、脖子上游走。"你在颤抖，你害怕吗？"他问。我不是因为害怕而颤抖。还好中士离开我走远了。有什么东西在他体内翻腾，他接着说：

"可恶的贡古尼亚内有一把一样的，你知道是谁给的吗？英国女王本人！他们互惠互利……但是另外一把。"他俯身拾起另一把步枪，"这把是我的挚爱……好好看看，伊玛尼，因为这把枪会战胜贡古尼亚内。"

"对不起，是叫恩昆昆哈内，中士先生。如果读不出来，可以叫他穆顿卡齐。但是叫对敌人的名字很重要……"

"啊，这样吗？那你听着：这把枪叫作克罗巴查克。你试试，克罗巴查克，看看能不能读出来……"

问题在于我永远不需要叫出一把枪的名字。热尔马诺却不得不每天都提到这位非洲国王。我应该告诉他。但是我顺从地闭口不言。

这时,远处传来悠长的马林巴琴声。那是我的父亲在演奏一首新曲。我的身体不受意愿的控制,开始微微晃动,中士立即注意到了这点。他后退一步,大声说:

"你终究是非洲女人啊!有一刻,我竟然相信你是葡萄牙女人了。"

我很惊讶热尔马诺·德·梅洛竟对马林巴琴声的呼唤无动于衷。葡萄牙人的身体聋了。他体内的有些东西甚至在出生前就已死去。

CR

最终,中士疲惫不堪地倒下了。精神的错乱使他筋疲力尽,他回过神后,仿佛一块被揉搓得乱糟糟的毯子。他不再是他,只是几个月前登上伊尼亚里梅河岸的那个人的影子。他瘫在一把旧椅子上,入睡前还嘟囔着:

"我就回来,伊玛尼。我就回来。"

我发现我摆出了从不曾想象的姿态:像个妻子一样坐在椅子上;旁边坐着睡意昏沉的白人,而怀里还抱着一把沉重的步枪。

我惊恐万分,缓慢而艰难地微抬步枪,仿佛在揪一条蛇的尾巴。但片刻之后,我渐渐熟悉了这把枪,竟将它按在胸前,像抱着孩子一样小心翼翼。我盯着枪管,害怕里面传来杀手的尖叫和死者的呻吟。我的手指轻轻地扣动扳机。

我想着:一毫米,仅仅一毫米就是生与死的区别。这时,我听见了一个声音。起初我以为是葡萄牙人在说梦话。后来我意识到,声音是从枪管里传来的,渐渐地,这声音变得越来越熟悉。是呼救声。声音越来越大,直到无法承受。直到我绝望地尖叫:

"杜布拉!杜布拉哥哥!"

葡萄牙人醒了,他向我走来,想安抚我。我避开他,像一只困兽。

"别碰我!求求您,不要碰我!"

"我没有碰你。"

"您碰了!不要看我,我全身都脏了。"

我如何能告诉他,我被死亡弄脏了,这死亡有一半是我干的?热尔马诺·德·梅洛却没有期待任何解释。现在轮到他来安慰我了。"还好我的手已经回来了。"他用一块裹裙盖住我的肩膀。

"你的恐惧很快会过去,这是紧张……"

不是紧张。不是我的,也不是他的。是那座房子和看不见的住户,它们争抢着屋顶的裂缝:猫头鹰、飞蛾、蝙蝠。

"您得搬出这座房子,我的中士。去别处住吧,除了这里,随便哪里。"

"伊玛尼,你这样的姑娘不会也相信巫术吧……"

"我得走了,可是走之前,我不得不告诉您我这次来的目的。恩科科拉尼的每个人都陷入了恐慌。您知道人们已经看见了恩昆昆哈内庞大的军队吗?"

"我知道,他们告诉我了。穆顿卡齐正将首都从北往南迁。他带着成千上万的恩达乌人南下。"

"明天我父亲会来找您,请求您保护我们……"

"不用担心,你们会得到我们的全力帮助。我明天会给伊尼扬巴内送去消息。你可以放心:我们的军队会出手相助的。你可以告诉你的人民。"

"我的人民?我没有人民……"

"我是指你的家人。"

"对不起,中士先生,但是我们家有人认为'请求'这个字眼不合适。他们说,我们尽了服从的义务,有权利受到保护。"

"你们的权利当然会得到尊重。"

"但是,我得再说一句对不起,他们还问:你们会用哪支军队保护我们?"

"伊尼扬巴内会派兵，我这里有足够的武器。"

我走到门口时，他拿着一张纸过来。他把那张纸在自己面前晃了晃：

"你可以告诉你的父亲，我收到了最高级别的保证，恩古尼人不会惊动你们。看看这封安东尼奥·埃内斯亲笔写的信。去里面坐着，你来亲手誊写一份。"

我在屋里的桌子边坐下，挺直背脊，支好手肘，就像我在教会学校学习的一样。中士不疾不徐，慢慢地读着每一段：

亲爱的贡古尼亚内：

  作为莫桑比克省大总督，我奉国王卡洛斯一世之命来了解战况，并从里斯本派出军队（鉴于此举终究是必要的）。我的副官将寄出此信，告诉你一些事情，直接与你对话，确认你到底是不是葡萄牙国王真正的子民。

  我不必提醒你国王为你做了什么。因为你很清楚，如果国王没有给你的父亲穆齐拉武器来对抗马韦瓦，今日你就不会成为加扎国王。你之所以强大，皆因国王的慷慨，他一直赠你厚礼，表明他认可你真正子民的身份。

  我的上司告诉我，你请求攻打古安巴斯人和扎瓦拉人，他拒绝了，我也在此确认。我不允许你攻击他们，如果挑起战争，你会后悔的。我将保持公正，如果他们攻击你，我会惩罚他们，如有必要，我会将他们遣送至几内亚。

  署名：王室特派员

热尔马诺站在椅子后，把手放在我的肩膀上，盯着我书写。我祈求众神不要让他察觉我的颤抖，不让他知道这种碰触叫我多么慌乱。

"你都抄上了吗？现在去找你的家人，大声朗读你刚写的内容……"

走到门口,他的手仍挨着我。我问他有没有闻到橙子树的香味。他回答说,他早就忘记这个世界的气味了。他的话刺痛了我。

※

"王室特派员?"穆西西问。

亲戚、邻居围成一圈,挤在我家院子里,听我带回来的消息,有人听完后笑了。舅舅穆西西站在人群中央,准备质疑我和父亲这两位信使。母亲在人们身后围着火堆忙碌:她在制盐。她一大早就去湖边的泥泞平原,用蜗牛壳刮下大沙滩上堆积的盐碱。此刻,她正在锅里用沸水溶解淤泥。不一会儿,水蒸发后,盐粒会像一块白布一样摊在发黑的锅底。她边干活边唱着:"……沙是思念,盐是遗忘……"母亲制盐是为了遗忘。

"小心,老婆,不要烫着了。"父亲提醒说。

她藏起一抹狡猾的笑容。舅舅穆西西坚持道:"我想知道这位王室特派员是谁,我们怎么知道他是值得信任的,不像其他那些不可信的白人呢?"

"他叫安东尼奥·埃内斯。"我解释说,"他是葡萄牙国王的代表,是王属领地的管理者。"

"这张纸是他写的吗?"

"是的,我亲手抄写的。特派员把这封信寄给了恩昆昆哈内。这里写着,我们不用担心恩昆昆哈内士兵的威胁。我来翻译给你们听。"

※

读完信后,信纸悬在我的指尖上,在亲戚的沉默面前,那张纸仿佛获得了意外的重量。一位邻居打破了沉默:

"几内亚在哪儿?在伊尼扬巴内上游还是下游?"

"你们闭嘴!"穆西西命令道,"对我来说,这封信只能说明他们是把我们当成小孩。"

"有时我们倒希望有一个伟大的父亲……"母亲反驳说。

"随你怎么说,我的姐姐。你们知道我怎么对待这份承诺吗?我会发笑。我会大笑。知道我要做什么吗?我要向我们的人求助。明天我要去和宾瓜内谈谈。"

"宾瓜内是乔皮人?"父亲问。

"至少是我们黑人。"

宾瓜内住在恩科科拉尼附近。他是一位强悍的军事首领,誓死对抗恩古尼敌军。我见过他。尽管年事已高,仍然高大强壮。他和我一样,是玛夸夸族和乔皮族的后代。我的父亲提醒道:

"这个想法糟透了。恩昆昆哈内会更迁怒于我们。他在世上最憎恨的人就是宾瓜内和他的儿子希佩伦哈内。"

卡蒂尼的话不无道理:希佩伦哈内还是孩子的时候,就被穆齐拉,也就是恩昆昆哈内的父亲劫持。这是加扎国惯用的手段:劫掠名门望族的孩子。这样可以更快地获得忠诚,比勒索更有效。

希佩伦哈内生活在王室,据说他在所有游戏和竞赛中都打败了恩昆昆哈内。他一逃出皇宫,就组织了一支可怕的反抗力量。卡蒂尼是对的:没有人比他更让恩昆昆哈内憎恨了。

"你这是巫师门里耍巫术。"父亲再次警告。

穆西西方才走远了一些,又换了一种语气回到了谈话中:

"伊玛尼读信的时候,我有了一个想法。这个主意必须现在就说,因为明天我就要去打仗了,也不知能不能回来。"

"不要讲晦气话。"母亲说。

"要我说,未完工的军营纯粹是个谎言。那不过是一个假冒成军营的杂货店。真正的军营一直在希科莫,他们从没想过再建一个。"

"那么,那个穆伦戈人来这儿做什么?"

"问问你自己吧,姐夫。他是来盯着我们的。所以说,亲爱的姐夫,我们也去监视这个间谍。"

"你疯了,穆西西。"

"你知道我们怎么监视他吗?靠你的孩子。"

"够了,穆西西,"母亲说,"我不想让我的孩子掺和进来。"

"不想?但是我的姐姐,你的孩子们已经卷进去了。我们可以通过中士的来往信件监视葡萄牙人,就像你女儿刚刚给我们读的这封信。信件可以成为我们的眼睛和耳朵。"

"我求求你,我的弟弟:不要把我的女儿牵扯进来。"母亲说,"我的几个大女儿已经死了,我那两个儿子也不知道睡在哪里。这个女儿是我活下去的唯一动力。"

然后,她第一次紧紧抓住我的手。在她的指间,我感受到自己身体的延续。

第十四章
中士的第七封信

恩科科拉尼，1895 年 5 月 25 日

尊敬的若泽·德·阿尔梅达参事：

  几天前，我听了伊玛尼父亲指挥的马林巴管弦乐队奏乐，即使醉意醺醺，他仍是一位杰出的指挥。这一次，沉浸于黑人的廷比拉琴旋律，陷入酣醉之中的人是我。

  我明白了。音乐是船，在音乐的扁舟上，我完成了我需要实现的旅行。我问，我可以弹吗？我试着演奏母亲哄我入睡的旋律。并不顺利。但是我意识到，我的旋律和非洲人的旋律有一些共同点：它们都为一个混乱、可怕的世界带来秩序。

  我不禁想起了艾雷斯·德·奥内拉斯写给他母亲的动人的信，信中讲述了他第一次访问贡古尼亚内王宫的场景。我这有一份抄本，和很多信件一样，这封信也遭到了截获和誊抄。一位洛伦索·马贵斯的朋友手抄了信，好心地寄给我。我现在寄给您，因为这封信揭示了洛伦索·马贵斯给我们的奥内拉斯中尉留下的一些感受。很难想象，一位那种军阶的军官竟如此迷恋黑人的艺术。在战争时期，一名中尉怎么能公然表示敬重那些在我们看来没有灵魂的人呢？

  鉴于奥内拉斯给母亲的书信里流露出不同寻常的感情，我在此摘录

一段：

　　……加扎国王出现的时候，贡古尼亚内的战士高唱战歌。世上没有任何词汇能形容那战歌的宏伟。六千多个人激情地唱出低沉浑厚的旋律，震颤了我们的内心。多么雄壮有力的音乐，时而平缓、舒徐，几乎濒临寂灭，忽而又响起胜利的怒吼，迸发出爆炸的激情！军团——也就是我们口中的暴徒——渐渐走远，浑厚的音符仍然回荡在曼雅卡泽辽阔的山坡和广袤的丛林里！谁会是这美妙乐曲的无名作者呢？能把非洲战争用粗犷的诗句写进三拍或四拍的人，会没有灵魂吗？时至今日，瓦图阿人可怕的战歌仍在我耳边隆隆作响。乔皮哨兵听到战歌后，经常会陷入全然的恐惧，迷失在这处我已经居住一个月的荒野丛林里。

　　我想，若泽·德·阿尔梅达参事，您也能同意这种感受，认为黑人也能创造美。恕我直言，这种美已经进入您的生活。您从未向我透露过您和一位黑人女性缔结了婚姻——为什么一定要说呢？这件事在我所到之处引起了很多非议。但是我愈来愈理解您，我亲爱的参事。我承认，我受到了伊玛尼的吸引，就是那个常来军营的姑娘。这不仅仅是肉欲。这是更强烈、更完整的情感，我从来没有在白人姑娘身上感受过。我承认，或许这种悸动是我所处的孤独造成的。或许是一个囚犯的谵妄。可事实上，当这位姑娘郑重而又狡黠地取悦我时，她便走进了我的心，以至于我只能梦见她一个人。

　　比如说昨天，伊玛尼给我讲了希库恩博的故事，它们是当地人祈祷和供奉的魂灵。她解释说，乔皮人有很多魂灵。我最痴迷的是叫作马茹塔的神灵。我对它的印象太深，所以当天晚上，我梦见自己变成了一个魂灵。我严格按照那些魂灵的戒律着装：一袭长而宽松的穆斯林式白袍，肩上扛着一把步枪。我看起来像一个阿拉伯奴隶贩子，穿着一双大军靴。但是我松散着鞋带，走路的时候跨开双腿，以免绊着自己。我走近伊玛尼，她半裸着坐在军营门口的椅子上。我想脱下靴子，却做不到。我轻声哀求：

"帮帮我，伊玛尼。鞋带，你看见没？它们是蛇。我的腿上有蛇。"

她跪下来，再一次用温热的手按揉我的背。她的安抚却不能停止我的哀怨：

"据说非洲是屠宰场。最好是，伊玛尼，最好是。我宁愿死也不想这般活着。"

伊玛尼蹲在我身边，裹裙半开半合，露出坚挺的乳房。我控制不住行动，抚上她的胸脯，喃喃自语：

"我已经失去了理智，伊玛尼。让我觉得自己至少还是个男人。"

白色长袍褪去，无尽地落下：我的梦随之结束。我不说下去了，免得自己变成笑话。

请您原谅我鲁莽的个人告解。其实，费了很长时间，伊玛尼才敢碰触我的身体。即使在我最癫狂的时候，她仍然保持疏离，说着一连串奇怪的话，字面上是这样的："葡萄牙人身上有一片阴影，你眼中有一片阴影，它从你的脸上落下，在你的身体上游荡，偷走你的双手。我们来送回那片阴影，让它在你眼睛的光里死去。"也许是一个建议，但是那段吟唱为我带来了平静，不久，我恢复了神志。

附言：作为旁注，我要告诉您，意大利的比安卡女士给我来信（记得那位洛伦索·马贵斯客栈的老板娘吗？）。她告诉我，她想来伊尼亚里梅拜访福尔纳西尼。她想见见故乡的人，讲同样语言的人。您瞧见根的呼唤有多强烈吗？

第十五章
化为灰烬的国王

有些人可以把太阳变成黄色的点，也有人会把黄色的点变成太阳。

（巴勃罗·毕加索）

世上的人都生活在同一个空间与不可重复的时间里。除了我们以外的所有恩科科拉尼人都是如此。我们就像寓言故事里的蝙蝠，住在世界的十字路口。一条无形的、不可逾越的边界贯穿了我们的灵魂。

舅舅穆西西印证了这种双重性。他比往常起得更早，腰上系着最隆重的布，光裸的上身套着他父亲从矿区寄来的大衣。

他的身上挂着两个世界的服饰。他在羊皮口袋里放上了满满一把桃花心木果，没和妻子打招呼就出门了。他拒绝向葡萄牙人求助。他要去拜访宾瓜内，求他保护我们不受恩昆昆哈内战士的伤害。

☙

穆西西路上回忆起上次来宾瓜内领地的情景。当时，他陪祖父特桑贾特洛前去拜访伟大的恩科斯，求他帮忙找回妻子拉耶卢阿内。这件事比较棘手，需要一个说话有分量的人和葡萄牙当局交涉。特桑贾特洛之前去了洛伦索·马贵斯,和成千上万的葡萄牙人一起平息周边的叛乱。人们原本以为只需要一两个月,结果去了一年。伊尼扬巴内的征税官来收税。拉耶卢阿内没有办法交税,她解释了丈夫不在家的原因。来人不相信,逮捕了她,当作缴纳税务的保证。她就是葡萄牙人所谓的"欠税人"。男人不在,家里交不上税时,他们就会抓女人和孩子,直到丈夫来补上赎金。从战场回来后,特桑贾特洛立刻补缴了税,但是葡萄牙当局却没有一个知道他妻子的下落。祖父希望宾瓜内可以动用他的威望。

穆西西回想起特桑贾特洛对宾瓜内首领的尊敬。门口摆着被称作希伦德佐的大草篮,彰显着丰收,表明农民的供奉非常慷慨。除了坐下来的时候,祖父都踮着脚。据说这位首领讨厌矮个子。

"我喜欢可以一眼望到平原那头的人。"他说。

首领对着大草篮张开双臂,骄傲地说:

"今年我们要跳恩加兰加[1]。"

接着,他闭上眼,一动不动,仿佛突然睡着了。祖父明白,他得立即说明他的来意。祖父说完后,宾瓜内就答应了,他保证不仅会亲自和葡萄牙人交涉,还会派人去调查带走祖母的征税官。

"放心,你妻子过两天就回来了。我们来谈谈另一件事:听说你在和葡萄牙军队打交道,要组织一支商队。"

"我也正想问您此事。我还能相信他们吗?他们带走了拉耶卢阿内,告诉我,恩科西:你觉得我还能相信葡萄牙人吗?"

"你相信你的族人吗?"

"我怎么相信?看看恩古尼人……"

"那你相信你的亲人吗?"

"当然不。即使是这次陪我来的女婿,我也不相信。"

---

1 乔皮语,指乔皮族舞蹈。

"你知道我为什么信任你吗?因为你在假装比实际更高。你想讨好我。这就是我为什么放出风声,说我厌恶矮个子。这是为了衡量人们取悦我的诚心,而不是他们的身高。你可以不用踮脚了,我的朋友。"

"谢谢你,宾瓜内。"

"我足够信任你,才和你说:我希望你好好对待葡萄牙人。没有比他们更有用的盟友了。请他们用枪械支付酬劳。让他们把武器留在我们村子里。之后我和你一起盘算。"

特桑贾特洛在门口告别,穆西西走在后面。他借机满足了积年已久的好奇心。他问首领:

"告诉我,宾瓜内:你才去见了恩昆昆哈内。我一直想知道他是什么样的人。这位穆顿卡齐是个什么样的人?"

"他怎么样重要吗?"

"据说他不是一个好人,先长上牙,后长下牙。所以才取了这个名字。你知道穆顿卡齐在他的母语里是什么意思吗?"

"我说了这不重要。你太看得起这个人了。这使你的敌人更加强大。"

两人都知道,穆顿卡齐的意思是"灭族者"。长老们因此给他改了名字。宾瓜内觉得没有必要改名:我们有理由喜欢第一个名字。谁知道他会不会帮助我们消灭他自己的部族呢?

○○

穆西西对那段对话记忆犹新。但他怀疑:宾瓜内还记得他吗?就在这时,他听到一声惊天巨响。天气万里无云,舅舅疑惑划破天穹的轰鸣从何而来。他犹豫了一会儿,但很快又踏上了旅途。半路上,他突然听见一阵巨大的骚动。他意识到是恩古尼军团正从战场上返回。他从灌木丛清楚地看见士兵列队前进。他们额头上有一根白色的羽毛:代表杀死的敌人。他们像发情的野兽一样嚎叫。祖父特桑贾特洛说得好：要鼓励士兵咆哮。因为咆哮让他们听不见自己的恐惧。

穆西西躲在厚厚的枝叶中，担心就此丧命，单纯的呼吸声对他来说也是难以承受的噪声。一被发现，他脸上的文身会立刻暴露他的身份。他将立即遭到处决。他就是入侵者口中的"断脸人"。甚至算不上是人。他会像动物一样被毫不留情地杀死，没有葬身之所。

士兵们走远了，穆西西继续小心地走向宾瓜内的村子。到了村子里，他蓦地颓然倒地，仿佛失去了双膝：村庄陷入一片火海，满地尸首。一群女人在收容伤员，用席子和布匹盖住尸体。

"宾瓜内在哪儿？"

"他什么也不剩了。"她们回答道。

"尸体在哪儿？"

"什么也不剩了，我们都说过了。"

事实是：宾瓜内在战败的绝望中，从旗杆上取下葡萄牙国旗，目光流连于中间金色的皇冠。据说那顶皇冠象征着黄金。可是他看见的是炙热的太阳，任由阳光淹没双眼。接着，他一把从中间撕破旗子，把蓝色的一半裹在身上，坐在一桶炸药上想要自爆。

一个阻碍玷污了这个崇高的举动：还没等火燃起来，炸药桶就因自杀者的重量倒塌。灰尘飞扬，夺走了前来营救的人的呼吸。宾瓜内没有放弃，他点燃裹在身上的布，抱住木桶，仿佛那是他最后的妻子。爆炸声震耳欲聋。夜色在宾瓜内身体里和体外降临。

CR

我在远处的如雷巨响中蒙头转向地醒来。父亲的噩梦在我身上也发生了：我叫醒了铁鸟，它们飞速划过天空。天亮了。我透过窗帘往外看：远处闪着红光,似乎在燃烧。我在家里转了一圈,确认所有窗户都关了。整晚都在刮风,地板上都是黑色的斑点。一定是着火起的烟尘,我拿起笤帚开始扫地。看着黑色的、扭曲的烟尘,我似乎看见了制作我所用的材料。火药和灰烬。我又回到了原来的名字。

❧

宾瓜内死后几个小时,他就变成了一个传说。晚上,可以讲故事的时候,老人给年轻人讲这位伟大战士死亡的真正原因。故事是这样的:很久以前,一位国王不相信云的存在。他认为,云只存在于我们的眼睛里。

"如果我能摸到它,我才会相信它存在。"

他这样说。他让人修建一架天梯,高到可以让他爬到云层最厚的地方。天梯修建了好几年。人们叫他来时,他抬头看梯子顶端,却望不尽所有台阶。

"我要爬上去。"他坚定地说。

他爬呀爬,越爬越累。燕子从他身边经过,奇怪竟有如此笨拙的旅伴。国王感到头晕和缺氧时,发现自己已经身在云团之中。他伸出手去触碰它们,可他的手指却穿过了那团泡沫,仿佛光透过水一样。他露出幸福的微笑。自己终究是对的。他拾级而下,宣告:

"我摸不到它们。它们不存在。"

往下走的时候,他发现自己越来越轻,越来越轻。快到地面时,他得使劲才能站稳。最轻柔的微风都可以让他像旗子一样飘起来。双脚触地后,国王已经变成了一片云。只剩下天梯,把不信的人带到天的高度。

❧

据说就在那天夜里,宾瓜内死而复生,回来收集他的灰烬。但是有一部分已经被风卷走了。所以他只复原了一半的身体。就这样，他残缺不全、千疮百孔，在时间里徘徊：一半是战士，一半是乔皮人，一半是英雄，一半是战败者。也有人说，我们的曾孙会忘记一半的过去。他们会隐姓埋名，害怕沾染别人的灰烬。

就这样，直到新的宾瓜内出现。新战士会教我们如何跨越分裂的边界。我们也将见到我们祖先分成两半的时间。

第十六章
中士的第八封信

恩科科拉尼，1895 年 6 月 5 日

尊敬的若泽·德·阿尔梅达参事：

我守在这里，形单影只，无人问津，我感到我即将变成另一个萨尔迪尼亚：比起我的同胞，和当地人、和黑人更加亲密。您是我唯一的朋友，是我和葡萄牙之间唯一的桥梁。

这周，我又重拾了使命感。黑人押送来一位瓦图阿囚犯。这种尊重和顺从又让我找回了我受挫的军人自豪感。

尽管受到虐待，贡古尼亚内的士兵仍保持着令人钦羡的尊严。他请求开口说话。在伊玛尼母亲的帮助下，我了解到瓦图阿人自认为比乔皮人高贵，就像我们认为比所有黑人都高贵。囚犯说，因为是神灵赐下，那片土地属于他们，而土生人需要教化。我命令他闭嘴。我的嫌恶不是因为他对弱者的态度。而是因为他高傲的姿态，和派我来非洲的人如出一辙。

随后几天传来的消息证实了恩科科拉尼居民对恩古尼士兵的仇恨。我接连收到乔皮人对贡古尼亚内军队暴行的控诉。乔皮人怨声载道，我逐渐变得麻木，无视理性和正义，疏远了受苦的居民。我开始想，瓦图阿囚犯说得有道理：站在他和他的族人的角度，他们并不是在犯罪。相反，他们正在英勇地建立一个帝国。隔着适当的距离和尊重，他们的所作所为与我

们没有太大差别。我们也在借着神的旨意和天然的优越性来捍卫我们的帝国。我们也在用华丽的词藻粉饰帝国的历史。假使瓦图阿人赢得这场战争，无论有没有我们，瓦图阿族的命运就已经实现。没有人会记得安东尼奥·埃内斯。英勇的莫西尼奥·德·阿尔布开克也将只是黯淡的战败者。只有加扎国和它辉煌的历史会流传下去。贡古尼亚内，唯一的大英雄，将永垂不朽。这位黑人会像恺撒、亚历山大大帝、拿破仑、阿方索·德·阿尔布开克[1]一样耀眼。有一天，这位非洲国王的雕像将矗立在沙伊米特广场上。一代又一代的黑人将永远爱戴他们的非洲国王，把他奉为英雄主义和种族价值的永恒证明。

我承认我的想法过于大胆，我也只能与您分享。我承认，它们每天都萦绕在我脑中，最终将我引向一段我以为已经遗忘的往事。一个休息日，在里斯本，有个人站在罗西奥广场正中央，指向高处，以一种诡异的熟悉感大声说：

"全都是一样的！"

我没明白。他重复道："世界各地，全都一样的！"他说的是雕像。这个怪人向佩德罗四世纪念碑的方向伸出手臂，大声宣布，屹立在广场上的不是我们的国王，而是墨西哥的"皇帝"马西米连诺一世。一位不知名的葡萄牙人在巴黎买下了这座雕像，当时正在甩卖，因为这位备选皇帝在上任前被枪决了。经费省下了，脸面有了光。怪人又说，这些雕像和帝国叙事一样，根本没什么区别。

"这位国王是站着的。但是如果他骑着马，你会发现连马都总是一模一样的。"

除此之外，最近几周，时间仿佛停止了。或许我可以和您讲一件私

---

[1] Afonso de Albuquerque，1453—1515，葡萄牙贵族、海军将领。在葡萄牙海上扩张和东方征服期间担任印度总督。

事，我愿意和您分享。几天前，伊玛尼的父亲来找我。有那么一瞬间，我还担心他是因为近日来我对她的独女发起的追求来和我算账的。所以他刚一进门，我就异常热情地招呼他。

"早啊，卡蒂尼·恩桑贝！"

"您是军人，不应该叫我的名字。军人不想知道任何人的名字。"

"那你来有什么事呢？"

"我来给您送一顶轿子。我自己做的。"

"我为什么要一顶轿子？"

"嗯，为了坐着去林子里，就像所有欧洲人一样。"

"那我和其他欧洲人不一样。我有腿有脚，我喜欢劳累。"

"您是好人。但是要小心，我的老板，在恩科科拉尼，善良和软弱说着同样的语言。"

他又说起自己在林子里闲逛的时候，突然想到要送我一棵树。一棵完整的树，树根、树干和枝叶一应俱全。一份包含了天空、大地和时间的礼物。因为他无法送我一棵树，我又拒绝了他的轿子，他于是想送我一只母鸡。

"一只母鸡？"

他没给我思考的时间，就拖过来一个鸡笼，里面装着一只肥硕的棕色母鸡。

"您看到的是一只母鸡，我看到的是鸡蛋。鸡蛋最后会变成肉。够吃一周的咖喱鸡。"

我把母鸡从鸡笼里放了出来，它既不害怕，也没有四处乱跑。反而像一只温顺的猫一样依偎在我脚边。

"我要给你取个名字。"我说，它的温顺打动了我。

"别这样。"可怜的黑人恐惧地哀求。"您要是这样做，这只母鸡就不会认为它是一只鸡了。她会进入您的梦中，您也会进入她的梦。"

从那天以后,一只母鸡和我亲密无间地分享住所。我没有听从建议,还是给她取名为卡斯塔尼亚。白天她待在院子里。晚上,我把她放进家中,以免被斑貘吃掉。在房间的昏暗处,油灯一闪一闪,卡斯塔尼亚感激地看着我,接着又把头埋进了翅膀。我想起她从前的主人的告诫,想到母鸡会用葡语做我的梦,就觉得好笑。我反而更想做她的梦,想必不会这么沉重。

昨天卡蒂尼又敲响了我的房门。我从窗户往外看,见他在庭院里一动不动,腋下夹着一个巨大的马林巴琴。这回他没有要把他亲手制成的琴送给我。他知道我身体不舒服,决定为我演奏,缓解我的痛苦。他说,音乐可以驱走我的疾病和鬼魂。我让他坐在院子里,他闭着眼,鼓槌直指天空。他随意敲了几个音符,仿佛在积攒勇气。终于,他操着缓慢而笨拙的葡语说:

"我要弹奏葡萄牙人的音乐……"

"葡萄牙人的音乐?"

"神父教给我的。他说是葡萄牙国歌。"

随即,他开始低声哼唱,尽管口音奇怪,曲调却很和谐:

> 真理不会黯淡
>
> 国王不会犯错
>
> 我们宣告……

我小心地打断了他。我笑了,带着提前到来的悲伤,因为我接下来要说的话会让他失望。

"这首国歌,"我解释说,"不是我的国歌。"

"你不是葡萄牙人吗?"他问。

我没有回应。最好的办法就是让可怜的音乐家完成这份慷慨的馈赠。

他激情地弹唱了葡萄牙国歌的一个奇怪版本。一开始,我感到不适应。不一会儿,我承认,我甚至被感动了。那编曲甚至有了香气。葡萄牙人喝着恩索佩酒,黑人唱着葡萄牙国歌,夜幕就这样降临在恩科科拉尼。

我亲爱的参事,在这悲戚的荒原,我终于发现了在自己身上也不曾发现的人性。这些看似如此遥不可及的土人,却给我上了在其他任何地方无法学习到的课程。比如几周前,一位恩科科拉尼当地居民来找我,他因逃税被扎瓦拉管理部门问讯。管理官命令一位西帕侬士兵鞭打他。他的罪行倒不至于落得这么重的惩罚。不可原谅的是他面对葡萄牙管理者时的傲慢和无畏。这是我听了不幸的黑人的叙述之后得出的结论,他讲述的时候既不后悔也没有抱怨。

我理解当局的逻辑。我们必须羞辱他们,就像对付印度那些等待驯化的大象:我们敲碎它们的膝盖,让它们的脚不再做梦。管理官先命令用海马鞭打他。黑人礼貌地纠正:这里没有马,既没有海里的马,也没有陆上的马。那根干枯的尾巴,属于一种叫作姆弗弗的动物。如果葡萄牙语里没有恰当的名字,他建议我们从他的语言中借用。

管理官一时没有想起来,"河马"就是我们高贵的语言早已借用的单词。他把这句话当作是一种得寸进尺的无礼。如果没有恰当的词来形容鞭打他的海马鞭,那就换成一把旧戒尺。

我得稍微补一句,黑人和我讲这件事时,一直龇牙咧嘴、眼睛蓄泪。回忆起当时的情景,比受刑的时候更疼。因为戒尺啃噬他的血肉的那一刻,他毫无感觉。手心挨了三十下,他都没有吭一声。行刑者没有获得胜利。受罚的人双手朝上走出房间,仿佛在乞求上帝见证那不可承受的痛苦。他礼貌地告别了鞭打他的西帕侬士兵。但他没有立即离开,而是敲响了管理官办公室的门,请求道:

"尊敬的先生,我想请求您一件事。"

"什么事?"

"我想请您鞭打我。"

"你挨的打还不够吗?"

"我想叫别人知道我不一样。我回村之后,要大声宣布,是一个白人打了我。"

后来,我和管理官本人聊天时,他证实了这个故事。他还澄清了自己拒绝了黑人自以为是的要求。"这就是他想要的,"他解释道,"黑人就像孩子一样,将我们看作父亲般的人物,可以惩罚和赦免他们。"我不确定这个说法是否正确。在我看来,黑人另有所图:他想证明下令惩罚的人是个懦夫,有勇气下命令,却没有勇气亲自施刑。

我讲述这些看似偶然的片段,是为了证明这里的人性比里斯本想象得复杂得多,而我们却固执地不去理解。加入洛伦索·马贵斯行刑队时,我无法判断那些年轻人的年龄。他们或许还是孩子,或许已经成年。恰如桑切斯·德·米兰达所言,这些人不好辨认。如此,他们让我们更愤怒了。

很遗憾,我们满足于偌大的无知。由于无知,我们不仅失去管理的能力,也丧失了军事干预的能力。我们试图逃避对基本常识的理解,转而依赖被统治的人,以为他们的支持是肯定且持久的。然而,这种支持并不可靠,它建立在脆弱又短暂的共识之上。就在今天,在一位翻译的帮助下,我听到两位地方首领关于解决黑人之间分歧的奇怪对话。我尽可能还原两人的意见交换。他们在讨论如果向瓦图阿侵略者割让土地是否意味着背叛。他们争论的内容如下:

"我们给他们土地,"一位首领说,"但是我们不会交出我们的神,他们是大地唯一的主人。"

"废话。都是废话。"另一位首领反驳道。"我们给了他们一切。"

"继续主持神圣仪式的人难道不是我们吗?"

"那我倒要问:我们的巫师在仪式上说什么语言?是我们的语言吗?难道我们不是已经在用入侵者的语言和我们的神灵对话吗?"

第十七章
地上的闪电

> 每一位将军都知道,比起防御敌人的入侵,更应防备的是自己的军队。

那天清早,我被告知卡蒂尼和穆西西要去军营。我急急忙忙地出发了。几天前,我亲口告诉葡萄牙人我家人的想法。即便如此,拜访当天,也是我先去比较好。宾瓜内死后,气氛很紧张,求中士帮的忙已经迫在眉睫,中士需要了解这点。就这样,我穿过了仍笼罩在迷雾中的街道。起初,我以为是村子里的炊烟,但后来我认清了那是一团浓烟。烟雾从宾瓜内拥抱死亡的遥远之地滚滚升起。

弟弟穆瓦纳图在军营门口加强了布防。早前,他配着假枪,现在添了一件新物事:两只白手套。他对我招招手,低声说:"快进去,姐姐,现在是危险时期。"

热尔马诺正扑在一张铺满整个桌面的地图上。他头也不抬地问我:

"你知道发生什么了吗?"

"全村都知道。"

"你知道谁刚刚离开这儿吗?宾瓜内的儿子,希佩伦哈内。"

"希佩伦哈内来过?"

"他来求我去说清,拯救他的孙女。昨天的袭击中,她被瓦图阿人掳走了。据说她已经死了,被恩昆昆哈内的巫师生吞了。"

葡萄牙人嗓音沙哑,从这点可以看出他心烦意乱。他停了下来,眼眸的蓝落在我身上,近乎咄咄逼人地质问我:"你是来上课的吗?课程已经结束了。"

"结束了?"

"你还可以来见我。但不要教我。我来到这天涯海角,就是为了忘记语言的存在。忘记人的存在,忘记我的名字……"

他在桌子上伸出双臂,仿佛在拥抱地图。他沮丧地重复:"我想忘记。"我上前几步,胆怯地低声说:

"你可以答应我一个请求吗?"

"你想要什么?"

"我可以摸你的头发吗?"

他笑了,偏了偏头。我的手不再是我的,先是停在他的肩上,然后消失在他浓密的头发里。葡萄牙人应该没有理解我的要求。我这样做只是好奇地想摸摸他的头发,因为和我们的如此不同。他抬起手臂,双手覆上我的胸部,我的乳房填满了他的手掌。之后发生下面的事:衬衣的扣子崩了下来,在地板上晕乎乎地打转。接着,每一个小纽扣兀自扭曲蜷缩起来,仿佛在无焰之火面前熔化了。

葡萄牙人继续身体的探触。我想反抗,想咬他的手臂,想愤怒地打他。可是我一动也没有动,守住了女人的礼貌性服从。我承认,那一刻,我感受到一阵奇异的酥麻:我第一次感觉到我的心脏在另一具身体中跳动。中士的手指爱抚着我的乳头,仿佛它们是血肉打造的纽扣。我呆愣着,不断推迟想要远离的念头。

"我的父亲快要到了,我只是来提前告诉您。"

葡萄牙人草草收场,默默地离开。剩下我一个人,衬衣半开着。我凝视着自己的胸部,仿佛此前从未看过它们。在我们这儿,胸部的尺寸标志着女孩向女人的转变。这两弯曲线宣布我们什么时候可以孕育另一个生命。而那一刻,我的乳房却只意味了我离活着还有多远。

☙

我本应立即离开那个地方。然而,在拾起纽扣之前,我却迟疑了。或许应该让它们留在地板上,皱缩着,扭曲着。或许我正在受到惩罚:在我之前,恩科科拉尼从未有女人在衣服上钉过纽扣。我匆忙地用手抹过地板时,注意到那些纽扣像炭火一般炙热。即便如此,我还是一边整理衣服和头发,一边将纽扣抓在了左手。

我在门口等家人到来。他们到的时候,我倚着门框,给他们让道。弟弟穆瓦纳图牢记哨兵的职责,拦住了他们的去路。

"别犯傻了,穆瓦纳图,"舅舅说,"这把步枪比你的脑子还不中用。"

父亲不以为然地耸了耸肩。经过儿子身边时,他整了整儿子的衣领,隐晦地祝贺着儿子那如此欧式的举止。

"我们的卡布韦尼[1]怎么样啦?"他问道,毫不掩饰骄傲之情。

"不是卡布韦尼,父亲,"弟弟纠正道,"我是二等步兵。"

他朝我笑了笑,又恢复了雕像的姿势,好像凝视虚空是他唯一的任务。我的任务则完全相反:我得赶紧离开。然而,父亲伸出手臂,拦住了我。

"你和我们一起进去,不然谁给我们翻译?"

"没必要,您说得很好了!"

"我的葡语不够好,说不清楚我们来这儿的目的。"老父反驳。

"我什么也不会说,"舅舅呛声,"我只是来监督你父亲说什么。"

---

[1] 乔皮语,指士兵。

中士过于周到地接待我们。他穿上了制服,表示他是在执行公务。然而,他对我们表现出的友好,更多是为了我,而不是我的亲戚。他打开一瓶红酒招待客人。尽管出于好心,这位主人并不了解我们的规矩:在我们这儿,第一口酒是给死人喝的。我们以死者之名在地上洒下头几滴酒。接着稍待片刻,代表死人仍管理着时间。接下来是女人,并非出于尊重,而是因为酒可能有毒。男人和客人这才开始喝酒。这些就是我们的好规矩。

中士第一个喝酒。他直接对着瓶子喝,军帽遮住了他的脸。酒水顺着他的下巴和脖子淌下来。比起饮酒,他似乎更想沐浴。听完父亲的担忧后,他语气严肃地宽慰我们:

"我已经说过,不会让你们受到惊扰的。做出这番保证的人是可以命令我,命令你们,命令贡古尼亚内的人。你们没有必要特意来请求……"

"请求?"舅舅用乔皮语气愤地说。他转向我:"你给翻译一下,我的外甥女。我想和这位白人说几句。"

"你说吧,舅舅。但是要注意你的语气。我们到人家家里来可不是为了冒犯别人。"

"闭嘴,伊玛尼。宾瓜内刚死。如果你的那些老板不严肃对待此事,我们都会丧命。"

"好吧,舅舅。我们跟他说葡语吧,以免他怀疑我们说了什么。"

"问问你的老板:我们向谁俯首称臣?不是葡萄牙人吗?我们是王室的臣民。我们是葡萄牙人,他们不是这么说的吗?那么,如果是这样,葡萄牙就有义务保护我们。还是我说错了?"

我的父亲听后很是不安,赶紧缓和小舅子的说法。他用蹩脚的葡萄牙语说:

"不要在意,我的老板。他只是担心……"

"不用翻译。我完全能看出你的小舅子生气了。我早就知道他对葡萄牙人的看法。让我们像人……或者说……像文明人一样交谈吧。你,伊玛尼,你对我家很熟了,去厨房给我拿一瓶一样的酒来。"

我依言去了厨房,厨房桌上放着两瓶烧酒。酒瓶下面放着一封王室特派员署名的电报。信件日期是两周前,收件人是伊尼扬巴内的军事长官。我忍不住看了一眼。越往后读这封信,我的心里越泛出苦涩。信上写着:

> 无论如何,我们不能放弃对洛伦索·马贵斯的守卫,来换取对乔皮人的支援。我们不能增援伊尼扬巴内,否则南部的土地将失去防御。或许贡古尼亚内按捺不住报复乔皮人的渴望,毕竟乔皮人对他的反抗如此强烈。但是我们只能无视这样的损失。况且,我们还应该考虑到,如果乔皮人遭到惩罚,要怪也应该怪他们,瓦图阿人和他们的大军一齐南下,不是为了报复我们——我们是他们的天敌——而是要报复和他们一样的黑人。他们现在要惩罚乔皮人的不驯。我们不便干预。所以命令是:顺其自然。

我回到客厅,耳中嗡嗡作响,听不到任何东西,我只能从葡萄牙人的手势中看出,他在问我为什么忘了带酒。

"我读了电报。"我边说边走向门口。

"什么电报?"葡萄牙人茫然无措。

我挥动手里的信,打开大门,坚定地请求家人和我一起离开。望着台阶,我仿佛看不到它的尽头。我向着地狱深处走去。葡萄牙人撒谎了。谎言带来的痛楚却在向我表明,我是多么喜欢他。

✿

第二天上午,我赤脚走到伊尼亚里梅河边。我潜入河心,让河水漫过我的胸部。我其实不想被深深的水流卷走,淹死在河里。恰恰相反:我希望河水让我怀孕。其他女人过去实现过这种丰饶的求爱。秘诀是保持不动，直到她们的灵魂变得和叶子一样静止，漂浮在河底的水流中。

这就是我在那一刻想要的。因为我能确定一件事：没有男人会拥有我。我只有河流，我生命的河流。我在岸边搁浅的时候，河水已经流进我的身体，我像一根沉没的老树干一样麻木。我没有动弹，直到有力气回家。这时，我的双脚陷入了泥里。我没有反抗触不到地的感觉，而是脱掉衣服，全身赤裸地投向泥沼黏糊糊的怀抱。有那么一刻，我享受到我的皮肤被另一层皮肤包裹的快感。我这才理解动物为什么喜欢洗泥浆浴。那正是我渴望的：成为动物，没有信仰，没有希望。

我从头到脚沾满了泥巴，一路走回了村子。我在女人们嫉恨的目光下来到中士的家里。穆瓦纳图一看见我，就逃离了他的岗哨。葡萄牙人坐在阳台上，在我开口说话后才认出我：

"热尔马诺，你喜欢看我赤裸的样子？那朝我身上泼水吧。没有人会以这样的方式把我脱光。"

葡萄牙人困惑不已，请我先进他家。他关上门，在房间里转来转去，像一位害怕猎物的猎人。他出去后，带回来一块布和一桶水。

"这回轮到我为你洗去恶兆了。"他说。

他的手在我手臂、肩膀和背部游走。然后他扔掉了布，把水从我身体淋下。看见我赤身裸体，毫无防备，葡萄牙人疯狂了。他匆忙地脱下衣服，手指颤抖，下巴上淌着口水。他抓住我的腰，我默许他舔我的乳房，直到我的皮肤感受到他血液的跳动。男人在地板上躺下。他的手拍拍地板，邀请我在他身边躺下。我没有照做，而是女王一般从上面久久注视着他。在这样凌迟般的审视中，我感受到了母狮在最后一击之前邪恶的快意。我把头一天的电报扔在地上，一只脚踩在他的胸口，朝他脸上啐了一口，用最甜美的声音，我辱骂起他，用我自己的语言：

"白人骗子！你将像蛇一样爬行。"

看着我裹着从货架上拿下的一块白布离开时，葡萄牙人仍然在地板上扭动着。比起辱骂，跟他说乔皮语更让我开心。或许没有哪个黑人比我葡萄牙语说得更好了。但是我的恨意只能用母语才能表达。我已经命中注定，只能在自己的语言里出生和死去。

CR

回到家后，我叫来家人，向他们揭露热尔马诺·德·梅洛的承诺是多么虚假。"葡萄牙人说谎了？"父亲难以置信地问。"你看错了，女儿。你一定是看错了。"他又重复一句："你看错了。"穆西西保持沉默，心里暗暗满意自己一直以来的怀疑得到了证实。

父亲没有得到回答，他打开一瓶红酒，大口啜饮。瓶子和他一样空了以后，卡蒂尼坐在了他的马林巴琴前。那一刻，就连地面都不再是个稳当的凭倚：醉意使他眼前出现重影，琴键也不听他的使唤。他抬起头，仿佛在召唤神灵。他保持着这样的姿势，大声叫妻子：

"来跳舞吧，希卡齐。我想看你跳舞。"

妻子像木偶一样挪到空地中间，一动不动地站着。

"老婆，我们来庆祝。你没听到我们葡萄牙朋友的承诺吗？战争永远不会在这里发生！还有更好的理由来跳舞吗？"

父亲愤怒地敲着琴键，仿佛在惩罚自己亲手制作的乐器。妻子仍站着不动，眼睛盯着地面。

"你不用动，如果你更喜欢这样。你呀，我亲爱的希卡齐，即使你站着不动，也在跳舞。"

我想代替母亲，使她免于羞辱。但是，我有另外一件事要去做，胸中燃烧的怒火驱使着我。我匆匆走上村里的小路。我在丛林里快步行走时，马林巴琴的起伏回响仍在盘旋。我走进老教堂，哥哥杜布拉在那里等我。

"我收到了你的消息。"他没有向我打招呼,就说,"你想要什么?"

教堂的地上铺满了猫头鹰的羽毛。我脱下鞋子,在石头上感受到云朵的柔软。一道水流从墙上淌下,仿佛时间在岩洞撕开的伤口。我鼓起勇气,告诉他我的来意。我把指甲插进石头上一个潮湿的裂缝,说道:

"你知道的,杜布拉:我的身体从未学会成为一个女人。"

"我不知道你在说什么,妹妹。"

"你知道的。你很清楚。母亲从来都不让我参加启引仪式。我来是为了让你教会我女人如何被男人唤醒。"

"不要说这些,伊玛尼。我们是兄妹,我们甚至不能谈论这种事情。"

"你可以的,你一直是这么做的。"

"我做什么了?"

"你总是偷看我在院子里洗澡。"

杜布拉矢口否认。他撒谎了。但他的话半真半假。因为他一直在偷看,却从来没有看清过。我的身体暴露时,杜布拉便会失明。短暂的目盲不是因为视力的缺陷,而是源于过度的渴望。

"今天我在河里洗了个澡。用水和泥浆洗的。"

"那是为什么?"杜布拉感到奇怪。

我没有回答。我的哥哥知道:别人在河里洗澡。但我们不。我们家和欧洲人一样:在院子里用盆和桶洗澡。我之前洗澡时拖拖拉拉,或许是因为我知道杜布拉会偷看。我有时露出来,有时藏起来,哥哥是这番舞蹈的原因。一条瀑布落在石头上,只是为了模仿下雨的声音。颤动的水滴在我的乳房上闪闪发亮,流过我的臀部。像是一场舞蹈:我的沐浴只是为了得到爱抚。

"战争要来了,我的哥哥。因此我才回忆过去。因为我害怕未来。"

我告诉了杜布拉军营发生的事情。当我讲到那封该死的电报时,他忽然站起,紧张地赶着离开教堂。

"我得走了。"他低声说。他在门后观望，看是否能够安全离开。在他离开之前，我问道：

"杜布拉，告诉我一件事：你的生活中没有一个女人吗？"

"我是一个士兵。女人让人心慈手软。瞧瞧你的中士。"

"我不想听你提到那个人。"

"我了解你，伊玛尼。你刚才在这儿说的一切，都不是对我说的。你是在和你的葡萄牙人说话。"

"撒谎，哥哥。你在撒谎！"

"你知道会发生什么吗？父亲会如愿以偿：葡萄牙人会回到他的祖国，还会带上你。"

"不可能！"

"如果我是你，我的妹妹，我现在就会去他家。我会求他赶快逃跑。去吧，如果你喜欢他。因为我和恩古尼人一起去恩科科拉尼时，我们会一下子踏平军营。"

"你不和我道别吗？"

他嘟囔着说不会。只有希望再次相见时，人们才会道别。而他再也不想见到我了。

ɔ

我垂头丧气地回到家。我们的祖先说：独行的人靠影子保护。好吧，我甚至连影子都没有。

母亲在院子里等我。她告诉我，她的干亲刚刚离开，就是恩齐拉的母亲。恩齐拉是我最好的发小，我们曾一起在教会学校学习。

"恩齐拉在这儿吗？"我激动地问。

她回答得很慢，字斟句酌，以免让我伤心。

"她昨天来的。但是她的父亲叫她回希科莫。他不想让她留在这儿。"

"因为我吗?"

"你是一个坏朋友,他是这么说的。我的女儿,对于这个村子来说,你实在疑点重重。你注定孤苦伶仃,无儿无女。拜你父亲所赐。"

这是把我交给葡萄牙人的代价。再一次见到恩齐拉的可能让我企图忽视的事浮出了水面。我在恩科科拉尼,没有朋友,不论性别。更糟糕的是:我甚至不想有朋友。

母亲明白我的悲伤,在我身旁坐下。她没有碰我,也没有看我。她仿佛在自言自语:我曾是女人,恩科科拉尼的女人必须属于某一个人,才能摆脱非人的状态。这就是为什么单身女孩被称作拉穆,意思是"等待着的人"。也就是说,只有成为妻子后,我们才能成为人。

"不要放弃希望,女儿。你仍然是一个拉穆。"

母亲话语中的坚定,是她能给我的最好的安慰。

第十八章
中士的第九封信

恩科科拉尼，1895年6月9日

尊敬的若泽·德·阿尔梅达参事：

这周，伊玛尼被我的谎言伤透了心，她背向我，处心积虑地侮辱了我。我就不向您详细讲述她在军营里干的事了。那处地方的好处就是能避开村民的视线和好奇心。

但是有件事我必须承认：伊玛尼折磨我的时候，我觉得自己仿佛被钉在了地板上。在她的怒火中，我意识到，她是支撑我和生活纠缠下去的唯一原因。如今我已失去征服她的可能性，我的世界还剩下什么呢？

参事先生，我不知道怎么继续我的任务。事实上，我已经忘记我的使命是什么，如果它曾经存在的话。我记得曾读过一封刚果国王阿方索致葡萄牙国王的信。我在此复述黑人国王的话，但不保证完全准确："与他国交战时，我们可以抓人，也可以杀人。但是没有什么比我们的女人的诱惑更有效。"阿方索国王是对的。毕竟，我也沦为诱惑的受害者。我是一个败将，陷落于一场不曾发生的战役。

我不知道如何度过白天，也害怕夜晚的到来。您无法想象那些袭击我的噩梦。有一场噩梦，比飞蛾扑火的梦更常出现。梦里，我看见成千上万的黑人穿着我们的军装，坐成一个大圈。而我们葡萄牙人正围着篝火跳舞，身上穿着土著的兽皮和围腰。一切都是反的，一切都是颠倒的。

贡古尼亚内出现了，他骑着一匹白马来检阅部队。接着，他以君王的傲慢姿态跳下马，坐上王座。从近处看，这位黑人留着很短的小胡子，样式和我们的军官一样。他命令我们停止跳舞，因为他觉得过于喧闹和淫乐。他命令我们坐下，张着嘴，直到他讲完话。黑人操着一口流利的葡萄牙语：

"你们想要我们的土地？那就都给你们。"

接着，他粗暴地将沙土灌入我们的喉咙。我们很快就咽不下去了，国王叫来一位手执巨大象牙的王后。

"你们梦想得到象牙？象牙就在这里。"

王后把象牙当作舂米的棒子，把堆积在我们嘴中的沙土往下压，直到我们完全窒息。我们就这样死了，坐在地上，面对太阳，一道沙子顺着下巴流下。这场噩梦惊醒了我，我去够床头柜最边上的酒。我大口地啜饮，放下酒瓶时，看见瓶身上的旧标签"黑人的酒"。

原谅我这番亲密之言。我把这种大胆归因于我的无所依靠，远离所有人，远离一切。近来，我感到有些沮丧，开始不时造访村里破旧的教堂。如果那儿有一位牧师，我永远不会踏入。或许正因为教堂如此破败，我才在那儿无言地祷告了很久。您知道我是为谁祷告吗？我为这些可怜的土著祈求上帝，请他保佑他们免受瓦图阿人的劫掠。

祷告的次数越多，我的信念越是薄弱。有一次，我竟然在旧教堂的寂静里睡着了。醒来时，我感觉教堂正随着河流的波浪摇晃着。教堂是一艘船，毛里西奥在船上漂流，他是我的叔叔，后来成了神父。叔叔出现在我面前，仅有一条肉，连着他的头。他恳求着我，以断断续续的声音，一如断断续续的喉咙：

"把我变成文字，放入一封信笺，我的侄子。用一个信封把我寄回大地。"

毛里西奥不相信神职，放弃了教堂。他结了婚，有了一个可爱的孩子。但是他仍然是一位忧郁的苦行者。他决定终结自己的生命，先杀了妻子，然后是孩子。他想用受害者的鲜血刷墙。但是墙壁拒绝了染料。房子是活的，它逃离了地基。男人没有任何遮挡，只能以夜色为盖。第二天醒来，他不知身在何处。他看见妻子和孩子悬在自己的上方，手中各拿着一把刀。他的身体找不到了，连一块血迹也没有留下。毛里西奥离开了，忘记了他曾经有过身体。他既已抛弃了上帝，没有办法给心灵指引方向。

那次闹鬼之后，我再也没去过教堂，害怕毛里西奥的鬼魂住在那里。但是我听从了叔叔鬼魂的建议。我写下无数信笺（大部分没有收件地址和收件人），用他们整理和打发时常侵扰我的幻觉。

我写了太多的信，非常害怕正在应验我老母亲的一个预言。她说，她认识一个人，从小就只知道书写。他的右手变得畸形，眼睛渐渐眯起，但是他没有停止书写。所有无止境的胡写乱画最终形成了同一篇文字：给弥赛亚的信。他在信里列出了世界的恶。他不能漏下任何人性的顽疾，以免妨碍我们得到最终的救赎。

他写了很多年，没有一日不是写满一页又一页。他还未写完这封长信，弥赛亚就死了。即便如此，可怜的男人依旧继续书写，坚信这封信完成后可以交给救世主的继任。他逐渐老去，身边的纸堆一直堆到屋顶。有一天，他已不知道门和窗在哪里。他的世界只剩下内里。那一刻，他决定完成长信。他在最后一段签下了名字，然后躺下，把这页纸放在胸前。他才发现，自己就是这封长信的收件人。他就是弥赛亚。而他已经死了。

第十九章
白的马，黑的蚁

最危险的敌人不是憎恶你的宿敌。你最应该害怕的是曾与你亲近并为你痴迷的人。

整个上午都是阴天。乌云皱缩在一起，直到从中撕裂，就像穆萨拉迪纳店里的破布。整个村子都吓得躲了起来。只有我独自面对大雨。对闪电的恐惧笼罩着恩科科拉尼，暴风雨来临时，所有人都躲在茅屋里。我只身站在厚重的乌云下，甚至为了把自己暴露得更为彻底，还爬上了土坡。在坡顶，一个意料不到的景象扑面而来：一大群人前进，如同无穷无尽的潮水。那是一片人海，上帝都想不到他造了那么多人。在人潮的边缘，全副武装的士兵列队前行。

眼前的景象就像雨一样：眼睛都装不下。起初，我感到害怕。不一会儿，我的惊慌转变为一种诡异的认命。我想加入人潮。远离恩科科拉尼，远离自我。

◈

那群人的行军肯定会在接下来的很多天里持续。步枪和长矛无止境地列队前行。地面随着手推车的通过而颤抖，沿路的风景也因牛群的重量而倾斜。

片刻之间,整个村子的人都聚集在瞭望台,战栗地看着这末日般的景象。母亲在我旁边说:"队伍里的火药比全世界的沙子还多。"

"等雨再下起来,"舅妈罗西补充,"坠落的就不是雨滴,而是子弹了。"

队伍里大部分人是农民,他们举步维艰,仿佛已经死去。据穆西西说,他们是恩达乌人,被迫离开北部的家园,也就是恩昆昆哈内以前的国都。

舅舅大声地宣扬着那件众所周知的事。葡萄牙人使用安哥拉土著,是因为他们离乡背井,没有家庭,没有归路。如今,恩古尼人有了他们自己的安哥拉土著,也就是恩达乌人。他们强迫恩达乌人向南迁徙,因为加扎的军队无法保证忠诚。那些新老部队都曾自问是否值得为一位折磨他们的君主鞠躬尽瘁。因此他们当了逃兵,死于饥饿和干渴。穆西西不再说话。我们又开始听人群前进的脚步,仿佛那是一列没有尽头的蚂蚁。

平民堆里时不时跳出一些全副武装的军人。他们是国王的士兵,以恶魔般的节奏,整齐划一地迈着腿,大地迸发出火山爆发的巨响。我担心祖父特桑贾特洛会受到惊吓,从地底冒出来,扰乱这不祥的行军。

父亲的苦恼则不同。他哑声低语:

"我们完蛋了!该死的恩古尼人!"

CR

浩浩荡荡的队伍仍看不见尽头,在村子里,亲戚和邻居已经开始在房屋和水井附近挖洞。

一开始,我以为他们在犁地。但是洞越挖越深,甚至可以装下整个房子。男人们会站在洞里,伸直手臂举过头顶,测试洞的深度。接着又继续挖。

第二天上午,一群人去检查村庄周边的防御设施。与此同时,父亲召集我们,命令我们全部下洞。母亲带了粮食,邻居和姨妈们在地沟里摆上水罐,用木板盖住。

这时,弟弟穆瓦纳图出现在这耐人寻味的场景中。亲戚们很惊讶,议论纷纷。他有几个月没有在我们家露面了。他看起来比平常更加笨拙,我很怕他会掉进新挖的地沟里。

"中士让我来问问你们在做什么。"穆瓦纳图说。

"我们在播种自己。"我不耐烦地回答。我的声音尖锐苦涩,连自己都无法辨认:"去告诉你的老板。人就是这样出生的:在合适的季节播下种子。说实话,穆瓦纳图:你怎么这么蠢?"

"我还是觉得,"他坦率地反驳,"我们挖土是为了找到地底的祖父。"

因为没人理睬,他转身回了军营。看着他远去,我想:我们不是死了才被埋起来的。我们出生时就已经入葬。

❦

第二天,敌军闯进了我们的村子。说他们是恩古尼士兵并不正确。大部分是别的部落和部族的人。有一些是恩达乌人,一些是玛夸夸人,还有比拉人,另一些只是其他人。甚至还有我们的族人,用着我们的名字。他们来自四面八方,包围了村子,寻到我们藏身的地沟。他们愤怒地羞辱我们,仿佛蝼蚁般的劳作贬低了他们战士的身份。

一位恩古尼首领站在我藏身的洞穴边上,命令我们出去。他注视着我爬上地面,仿佛看着一只从洞里爬出来的虫。我们在空地上站好队后,入侵者拿起木棍和铲子,开始填沟。我感觉沙土撞上我的胸口。那些土块不仅堵上了洞穴,也夺走了我的呼吸。铲子每铲一次,我的身体也消失一点。不久,我就会消失在地面上。

那一刻，我证实了一直以来的怀疑：世界上没有什么不在我的皮肤之下。岩石、树木，一切都生活在我的皮囊下。没有外界，没有远方；一切皆是血肉、神经和骨头。或许我不需要受孕。我的身体里容纳着整个世界。

☙

敌人撤退了，离开之前，他们没有忘记放火烧了村庄周围的房屋，掳走田里的青年和妇女。庄稼遭到破坏，很多人只能颗粒无收。父亲如临末日的癫狂是对的：倒不如我们自己先毁掉耕地。

和村子里中心区域的其他房子一样，我们的房子也幸免于难，可我们的恐慌却未减分毫。好几个小时过去了，我们都没有见到父亲。我们甚至想过他被掳走了。但并没有。在我家的神圣树林里，他又出现了。他坐在一个旧杵上，手指颤抖，紧紧攥着一个斧柄。他的手在灼烧，仿佛重新发现了造物的神圣。他的身旁躺着一棵刚被砍倒的椰子树。他指着树干说：

"这只是第一棵。我还会砍倒更多。"

我们的椰子树已经所剩无几了，但是母亲没有评论他的妄言。她的男人可能无所不知，除了如何生活。没有了椰子树，我们将被贫穷吞噬。然而，卡蒂尼的信念来自魂灵的指引。所以应当受到尊重。

于是，邻居们开始一起砍树，运送木材。我的老父把树干凑在一起锯断。但是大部分时间，他都凝视着木材，呆立不动，就像从前一样：仿佛工作在梦中完成。

从来没有人问过为什么要做这件事。我们以为大家准备在村子周围建造新的科科洛。现在，面对新的威胁，最为需要的是那些栅栏。

然而，有一天，我们注意到父亲做木工时，把树干对齐后并在一起。接着，他把树干头尾相接，竖起了一根长长的杆子，高得直插云霄。母亲

鼓起勇气,打断了男人神秘的事业:

"那是要做什么?"

"是一根桅杆。"

"我没明白,你是在造船吗?"

希卡齐的眼睛闪过亮光。但是丈夫一句话也没说。好像造船是世上最普通的一件事。于是,母亲请求我:

"去和你父亲谈谈。温柔一点,不要吓到他,不要着急。有时候,你父亲很怕语言。"

然而当我站在他面前,却没有机会开口。因为他突然问我:

"你知道我去哪儿可以找到你的另一个兄弟吗?"

我耸耸肩。我不喜欢我的哥哥像死人一样失去名字。杜布拉变成了"别人",就像我曾经是"活着的女儿"。

父亲把我们叫到一起。我们,正如他说的,"现在的家人"。舅舅穆西西和舅妈罗西来了,表兄弟和近邻也来了,我们坐在散落在院子里的树干上,等待卡蒂尼发话。他享受着恭敬的礼节,迟迟不肯开口。良久,他指着巨大的桅杆说:

"它看起来是一艘船,但它不是船。我做的是岛。一座能拯救我们所有人的岛。"

我们的眼中没有浮现任何荫翳或者疑问。我们等待着时间来揭开这个秘密。有一些人还在想,卡蒂尼指的是我们的兄弟在希登格莱地区建起的水上避难所,每次土地遭到入侵,他们就会逃往那里。穆西西是唯一表现出不耐烦的人。他故意给我使眼色,让我去端酒。父亲提高音量,找回他的威严:

"这场战争只能在战争之外取得胜利。"

我们乔皮人势单力薄。他预言道,为了取胜,我们必须和鬼魂结盟,而非人类。正是鬼魂主宰着恐惧。没有人比恐惧更强大。这些鬼魂比赫赫有名的将军们还要厉害，比国王麾下的那名尚加纳将军——马吉瓜内——还要威猛。父亲接着说，恩古尼人只能在陆地横行，在岸上，他们会留下脚印。

"到了水里，他们就失去了身体。"

母亲想到大海，露出了微笑。她摇晃着肩膀，仿佛波浪起伏。她的手臂在跳舞，身体幻化成水。在这样的律动中，她想起坐在伊尼亚里梅河边，期待着河流变成大海的时候。

这唤起了她的一段记忆。那时候，她和老特桑贾特洛一起坐在沙滩上，老人问她：望着海的时候，你看见了什么？希卡齐不知如何回答。因为她只看到了人。每一波海浪带来的都是人，无数的生命抵达海岸，碎成泡沫。一代一代，各式各样的人被冲向沙滩。她走在潮湿的沙滩上，死者便抚摸着她的双脚。因此，听到丈夫讲海洋和岛屿，她微微露出笑容。

"在水里，他们没有身体。"卡蒂尼重复道。

一位年老的邻居站起来，一只手搭在我们这位岛屿的建造者的肩膀上。他鼓起勇气向我们讲话。终于，他说，没有必要再制造幻想了。恩昆昆哈内的军队今非昔比。大部分的士兵是恩达乌人。他们不怕大海。无论我们逃到海里，还是逃到湖上，我们都和在岸上一样脆弱。恩古尼的奴隶比他们的主人还要凶残。不幸的是，他说，这就是世界的法则：受过苦的人总想让别人受苦。我们从恩古尼人的奴隶那里遭受的伤害将比从恩古尼人那里受到的更大。黑人对我们的折磨，甚至可怕到会让我们忘记白人的迫害。他结束了讲话，随之而来的是长久的沉默。直到我的老父亲再次开口：

"一切都是空谈，兄弟们。我们不需要杀死敌人。我们杀死他们，他们还会再增长。我们只需要使他们疲累。让他们消失，假装他们不曾存在。"

父亲这样说着。甚至连他也听不见自己的话了。因为他只是假装自己存在。

❧

　　母亲再也没能回去的那片海是什么样的呢？我无法回答。实话说，我已经很难记起童年生活的那个海边村庄了。数年间，我们和渔民一起居住在伊尼亚里梅入海口北岸。祖父特桑贾特洛决定逃亡到内陆。家人提出过质疑。我们在海边受到庇护。一旦敌人的军队逼近，我们就去取木筏，向印度洋的波涛出发。攻击我们的敌人害怕大海，对他们来说，海洋是无名之地，是神的禁地。他们最多只能爬上沙丘，无能为力地望着我们五颜六色的驳船。我们在海浪中躲过敌人的攻击。

　　祖父无意中发现了敌人的软肋。有一次，他抱着我在沙地上逃亡。我们的后面跟着加扎国王的刽子手廷比西。祖父盲目地奔跑，绊倒在一艘旧船的锚链上。绝望之中，他上了船，向浪花深处划去。那一刻，他发现海洋是一道屏障：军队的勇猛在沙滩上潮湿的沙粒中沉没了。之后的几次经验证实了他的怀疑：恩古尼人根本不敢踏入大海。他们不怕海水，怕的是住在海里的魂灵。

　　母亲痛苦的困惑终究是有道理的：人怎么能离开自己的庇护者呢？特桑贾特洛为什么要我们离开庇护之地，举家迁徙，穿过沙丘、河流和沼泽呢？

❧

　　那天下午，舅妈罗西叫我过去。她正坐在常用的席子上筛米。我注意到她神色疲惫，仿佛是因为筛子过于沉重。罗西没有看我，说道：

　　"死人在临死之前会给我们很多工作。"

　　她刚从邻村回来，她的母亲病入膏肓，已到垂死之际。几个月来，舅妈早出晚归,被疲惫压弯了腰。以前,她就这样侍奉过祖母,祖母弥留了数年之久。每一个家庭都有一个人默默地承担照料将死之人的操劳。

"我不会向你抱怨。"舅妈说,"我想和你讲一个昨天晚上烦扰我的梦。"

她梦见瞎了眼睛的马。马儿撞到树上,绊倒在岩石上,摔断了腿。她凝视着马儿黑水般的眼睛,突然失足,淹没在巨兽的绝望中。这就是她看到的画面。她刚描述完,胸部就因急剧喘息而上下起伏。舅妈是占卜师,却请求我们为她解梦。

"我想请你去那房子的书里找一匹马的画像。如果能找到,把画像带给我。"

"我试试看能不能帮忙。"

"能做就尽快做吧。因为我有一种不祥的预感。孩子,我要告诉你:那些马儿是人。葡萄牙人像对待孩子一样给它们起名。这是你说的,对不对?"

"是的。"我肯定地说。

CR

罗西舅妈梦魇里出现的马,对我来说是美好的承诺。我多希望在夜里能听到一串马蹄声。我祝福那些让我失去身形和方位的迷梦。梦是我的烟,是我的酒。

父亲把我从睡觉的席子上叫醒。他挠着头,问道:

"你舅妈来过了?她和你说了她的噩梦?"

"是的,说过了。"

"她的梦让我很担心。"

他沉思了一会儿,牙齿间叼着一根草,眼睛盯着地面,突然下定决心。

"快去军营,伊玛尼。你去翻翻那个白人的文件,找找那些信,看看有没有提到马……"

"舅妈让我去做的事也差不多。"

"我关心的是另外一件事。我想知道莫西尼奥和他的骑兵发生了什么。他本来应该到了,骑着他的马同希佩伦哈内并肩作战。一定是出事了。"

☙

父亲是对的:报告就在葡萄牙中士家里,夹在账簿中间。报告上写着:

莫西尼奥·德·阿尔布开克的骑兵队在洛伦索·马贵斯登陆,从三月七日广场一直行进到红角宫,军队的英勇和威武引得众人异口同声:"多棒的军队!"这股劲风一扫市民的疲惫。莫西尼奥得到承诺,他将享有启动作战计划的必需物资。而仅仅第二天,将军就心灰意冷:等待他的马匹毫无经验,根本无法用于骑御,更何况上战场。他依旧下命令加紧训练,增加马粮。但是接下来一周发生的事远超最坏的预期。马匹的情况诡异地恶化了:有几匹马醒来后就病了,连推车都拉不动;另一些变成难以驯服的烈马。莫西尼奥原本还期待从德班来的马匹可以弥补老弱病残马匹的缺陷。莫西尼奥在与某些官员的怀疑作斗争,后者声称骑兵无法在非洲丛林征战。他执意要证明相反的观点,但迫切需要良马。

然而,德班的马匹抵达后,他失望透顶:大部分的马匹要么衰老不堪,要么染了重病,要么生了骨瘤,或者因为给英国人拉马耗尽精力。德班的商人有检验文件,保证马匹离港时状态良好。负责进货的葡萄牙军人也为此作证。船运期间发生了什么导致马匹衰颓成这样？是什么神秘力量在阻止我们英勇的将领完成他的爱国使命？

CR

我回到家，决定隐瞒真相。没有报告，没有信件，没有任何提到马的文字。舅妈罗西当然可以做梦。但是她的噩梦是个人的原因，和世界上发生的任何事无关。没有理由不相信巫术的托嘱。这样，我的兄弟们就不会被怀疑偷换信件，并将其传入敌手。一切都很正常，不久，莫西尼奥会和他的弥赛亚骑兵一起到来。

第二天，轮到我们去拜访舅妈罗西。时机正好，因为穆西西出门打猎去了，占卜师可以尽情接待我们。尽管没有文字证明，父亲的疑虑仍然偷走了他的睡眠。马匹和骑兵迟迟不来，原因令人费解。

"今天他哭了一整天。"占卜师一见我们就说道。

"舅舅穆西西哭了吗？"

"不，是我的孩子。在我身体里等待的孩子。"

罗西一直没能成为母亲。她每次怀孕都会流产。孩子"回去了"，人们这么指代夭折的孩子。舅妈注定不能留下后代。她曾用蜘蛛做实验，想知道谁是不育的那个人。她分别从丈夫和妻子的衣服上裁下两块布，放在蛛网边上。被选中的布料的主人就是不育的一方。测试最终没有得出结论。蜘蛛在两块布之间徘徊，没有碰任何一块。

现在，她站在那儿，挺直腰背，突出干瘦的腹部。

"要多加注意。"母亲说，"所有的孩子都需要呵护。"

这样，希卡齐让对话进行下去，好像舅妈的话是毋庸置疑的真理。那时我还不知道：世上的女人构成同一个子宫。所有的女人孕育所有的孩子。既有生下来的，也有回去的。

☙

父亲肯定习惯了罗西频繁的妄想。她宣布怀孕的那些时间,肚子变得圆润起来。一切都是假的,一切又都是真的。因为她的手、嘴和鼻子都因为好消息而圆润了起来。

但是这一次,罗西的双手抚摸着鼓起的肚子,比以往更有说服力。我看向父亲,无声地询问是否应该继续完成今天来访的目的。舅妈罗西读懂了我们无声的犹豫,她安抚道:

"不要紧张。孩子不会今天出生。他已经等了几年了。我们俩在等没有战乱的时候。"

母亲带舅妈去阴凉处,两人向同一个筛子俯下身。她们一起筛米,手指飞舞、缠绕,直到罗西问起:

"外甥女,你看见姆韦努阿了吗?还有另一个,蒙亚,你看见这个懒家伙了吗?"

我摇头否认。假装一切都合乎情理。罗西舅妈是恩科西卡齐,或者说"大老婆",家里的第一位妻子。舅舅穆西西又娶了两个年轻得多的女人。是她,第一位妻子,物色了另外两位:姆韦努阿和蒙亚。村子人都知道她俩被恩古尼人强奸并杀害了。所有人,除了罗西舅妈。

"听见我的问题了吗?"

我的眼睛望向远处,仿佛周遭一片黑暗。在那片昏暗中,父亲不见了。

"我去看看能不能找到另外两位舅妈。"我边说边出门。

但我并没有走远。我看见父亲在屋后抽烟。他挑了挑眉,给了我一个同谋的信号。

"可悲。太可悲了。我要回去,我不能让你母亲单独和她在一起。"

他在沙地上灭了烟,悄悄溜进院子里,加入了她们。我从远处偷看。舅妈已经在地上摊开父亲之前给的信纸。一看见他出现,罗西就问:

"你说怎么做？"

"做什么？"

"一个人要怎么识字？我太想知道……"

"这得花时间学，罗西。"

"我见过你怎么做。你的手指在字里行间抚过，嘴巴开始蠕动。我也这么做了，但什么也没听见。告诉我秘诀是什么？我学得很快。"

父亲翻了个白眼，用手摸了摸躺在灰尘里的纸张。

"要读这些文字，罗西，你要静下来。眼睛、身体、灵魂，一动不动。像这样待一会儿，就像埋伏的猎人。"

如果静止一段时间，就会发生与她预期相反的事情：文字会看向她。它们会对她密语发生的故事。字母看起来是图画，实际上是声音。每页纸都是装着无穷无尽的声音的盒子。阅读的时候，我们不是眼睛；我们是耳朵。卡蒂尼·恩桑贝如是说。

罗西跪在纸张面前，纹丝不动，等着文字向她述说。

第二十章
中士的第十封信

恩科科拉尼，1895年6月28日

尊敬的若泽·德·阿尔梅达参事：

　　参事，我的罪恶感无以言表。昨天恩科科拉尼被可恨的瓦图阿人入侵了（我不知道为什么我坚持这样称呼他们，尽管他们自称恩古尼人）。这些恶徒烧杀抢掠，无恶不作。在这之前，我派穆瓦纳图去调查为什么村民在建造巨大的地沟。它们不是战壕。是避难所。村民希望可以在地沟里隐身。这个计策没有奏效。面对贡古尼亚内士兵怯懦的暴力，那些可怜人手足无措，毫无还手之力。

　　侵略结束后，我去视察了村庄和农田，但我只敢瞥一眼被灰烬覆盖的无尽荒原，那些灰烬时不时漫无方向地飘扬。我回到军营，从未想过这片废墟竟能给我如此强大的庇护。我怀抱着母鸡卡斯塔尼亚坐下，回到了唯一有意义的任务：书写。

　　我深深地自责，不知该如何走出家门。我已经来了很久，与人们建立了联系，我逐渐感受到了奥内拉斯对音乐的移情，只不过我是从这些卑微的村民最简单的生活细节中发现的。

　　我写累了，脱下制服挂在衣架上。我凝视着它，仿佛是我自己悬在那里，枯萎憔悴，没有光，没有物质。对于一个从未真正成为士兵的人来说，这感觉很奇怪。但是请您原谅我的肆意妄言，我的问题在于，我从未成为其他事物，任何事物。我是挂在衣架上空荡荡的制服，只有影子会穿起和脱下。

我向您坦白，很多时候，我想抛弃一切，穿过丛林，逃往伊尼扬巴内，再从那儿出发去北边，去殖民地的首府莫桑比克岛。我不仅要去岛上。我会变成一座岛屿。我请求您，带我离开。

很久以前，我就失去了理智，但是昨天目睹遭受屠戮的恩科科拉尼后，我陷入了万劫不复的深渊。我早上醒来时全身麻痹，只有眼皮能动。我以为自己会在孤立无援中死去。就连那个给我跑腿的呆小子也无济于事。因为他从不擅自进入我的房间。我又无法开口叫他。万幸，伊玛尼来看望我。她对我的沉默感到奇怪，于是进屋，见到我不能动弹的可怜模样。我眨眨睫毛跟她交流。她犹豫了一瞬，似乎想让我就那样待着，无助而痛苦。但她还是像每次我受苦时一样：给我按摩胸部和手臂。不一会儿，我恢复了行动。

我记得她告诉我说：眼皮是我们从前留下来的翅膀，那时候我们还是鸟儿。而睫毛是幸存的羽毛。那是他们族人的信仰，他们靠荒谬的迷信生活。在我恢复的过程中，她还讲了一些迷信。比如说，在祖鲁语中，"飞翔"和"做梦"用的是同一个动词。我想但愿如此。但愿我们的子弹能在飞行中攫住可憎的瓦图阿人。

黑人姑娘帮了我，却并没有治愈我，因为我的病不是来自身体。它出现在我之前，始于我族人的历史，缘于领导者的狭隘。我记得特桑贾特洛问过我，我的国家有多大。他根本不知道我们有多逼仄。这无关地理，而是因为灵魂的返祖状态，误把追怀当作命运。

这样的狭小可以用非洲广袤的土地补偿。但是遥远的距离产生了相反的结果：这里的一切都变得更为咫近。地平线仿佛触手可及。我想象着我们的信件穿过非洲荒野的遥遥路途。我一边想，一边潦草地写下这些文字,仿佛它们是马,是遥遥而来的船。我不知道您是不是也有同感。我也不知道我为何向您倾诉这些不相干的情绪。

上周,我出门体验了旅行的感受。我去了伊尼亚里梅河边,只有穆瓦纳图给我引路。我想见证爱德华多·加利亚多所统领的进军。我想找到一支前进中的葡萄牙军队,证明我们部署在北部的军队正在无情地推进,会去包围背信弃义的瓦图阿首领。我以为这场旅行会减轻我的郁结和痛疾。结果还不如不去。我本希望可以放松片刻。然而,我的所见所闻却让我愈加绝望。没有人能想象带着四轮马车、大炮和人群渡河的艰难险阻。

上校把我叫到一边,说:"还好您见识到行路的不易,请转告安东尼奥·埃内斯,让他知道为在当地推进前线,我们付出了多大的努力。"加利亚多需要一位信使,一个能与洛伦索·马贵斯当局争辩的盟友。于是他不断重复:"安东尼奥·埃内斯不相信我,他以为我害怕,以为我在找借口。"上校是对的,他因为这种确信而不快乐。

我走下土坡,想看清整个车队的情况。我注意到年轻士兵的臀部都陷进泥里,仿佛正在被非洲大地吞噬。那一刻,我眼前闪过一些错乱的碎片。突然间,我看见的不再是弹药箱,而是棺材;不是步枪,而是基督的十字架;不是上校加利亚多,而是一位身披黑袍的神父。一眨眼,整个军队变成了丧葬队伍。我置身于一场葬礼。在所有的棺木中,我看见了弗兰塞利诺·萨尔迪尼亚的棺材。我的双手沾满血,不停地在堆满石头的地上挖一个坑。

如果说我已经有了不睡觉的理由,现在,我甚至找到了不想入睡的理由:铁锹的刨土声。据说,夜晚是通往地狱的大门。蚯蚓,过去在坟墓里蠕动,现在都涌入地狱的门口。肉色的巨大虫子吓得我困意全无。

就在我写这封信的此刻,一股思乡之情击中了我,使我陷入麻痹。我正躺着给您写信,也许是因为这个姿势,我饱受称赞的书法变成了潦草的字迹。先生,这样的麻木使我无法完成任务,起初我以为我不理解它,如今我怀疑它根本不存在。我渐渐发现：我第一天在桌上看见的蜘蛛，一直在我的身体里。它们在我身体里织了一张网，不仅使我行动迟缓，还困住了我全部的生活。

我用剑麻绳、旧布料、墙壁，用所有这一切编织了一张网。我困住自己，期望现在这座假军营是我的，是葡萄牙的，是我的家。我做不到。一个更大的怪物吞噬了蜘蛛和网。这个怪物叫作非洲。没有一道墙，没有一座堡垒，可以困住这怪物。它以马林巴琴的音乐和孩子的叫声与哭喊的形式，从裂缝中挤进来。它在砖缝中生根发芽。它住在我的梦里，侵入我的生活，以一个女人的模样。伊玛尼。

第二十一章
灰烬做的哥哥

> 我知道欧洲人的把戏。他们先派来商人和传教士,然后是使节,最后是大炮。他们不妨直接从大炮开始。
>
> （埃塞俄比亚皇帝提奥多尔二世）

有人来叫我:一位陌生访客带来一个包裹,想亲手交给我。他从很远处来,那个地名只在别的语言中存在。我在门口张望,犹疑着,疏远着。一个家庭的慷慨程度可以用待客之道衡量。但实际上,在我们这儿,没有男人会去别人家和一个单身女人说话。根据规定,他应该先去见父母,留出足够的时间让人检验他的意图。然而我们恩桑贝家的人不一样,不太拘于传统。所以我去应了门。一位老人挥着一叠纸,沙哑地开口:

"这些是我从矿区带来的信。"

"我们不认识什么在矿上的人。"

"有的。"

"谁?"

"你会想起来的。"

信纸皱皱巴巴,脏得不行,完全猜不出任何文字。尽管如此,信使粗壮的手指以女人的细腻展开信纸。一连串的疑惑困扰着我:祖父真的活着吗?是大字不识的他写下的那些信吗?

"是特桑贾特洛念的,我来写的。"信使仿佛听见了我的声音。

我认出了他。他是多年前带来祖父消息的那个矿工。从一开始,我便已经心生怀疑。现在我确信,眼前的男人就是祖父的伴侣,那个在地底深处照顾他的特希帕。

刚才我只是认不出信纸上的笔迹,现在我听不懂陌生人说的任何一句话。一股烟尘从他嘴里飘出,形成黑色的口水,堆积在他因此而耷拉着的下唇上。祖父的使者咳嗽的时间比说话的还多。

来访者最终把事情交代清楚了。老特桑贾特洛请我们转告母亲:她永远不会再看到大海。恩科科拉尼的任何一个人都不会再回到海边。特希帕信誓旦旦地重复:

"再也回不去了,没有人能回去。"

我认真端详信使的脸,感觉他藏着秘密,或许他知道我们古老问题的答案:

"我不问你的名字。但是我想请你告诉我是什么让祖父远离海洋。"

"特桑贾特洛教过我,不要告诉别人让他难以忘怀的事。"

"不是为了我。是为了我的母亲,为了让她不再因为回去的幻想而痛苦。"

"我给你讲个故事。"信使说。

✿

一切始于 1862 年雨季那个晴朗的上午。在那之前,特桑贾特洛从未见过白人。第一位出现在他面前的欧洲人骑着一匹马,他不认识这种生物。那是一匹白马,比骑士更苍白。白马和骑士融合成了一个如此完整的剪影,祖父甚至以为他们是同一个生物。但他惊恐地发现,眼前的生物竟要将自己从下半身分离。骑士下马时,特桑贾特洛·恩桑贝听到了肉体撕裂和骨头断裂的声音。他闭上眼睛,以免看到鸡脖子喷血一样的场景。一个用葡萄牙语问出的问题将他拉回了现实：

"你就是那个特桑贾特洛？你是这附近的鸽贩？"

祖父一句葡语也不会。与其说他听懂了外国人的问题，不如说是猜出了问题。他点头回答第一个问题。但是他和村子里的人都不理解"鸽贩"这个词。这个词从安哥拉传过来，指组织非洲内陆旅行的商人。

"我是特桑贾特洛·恩桑贝，祖卢梅里的儿子，马萨库拉的孙子，明德瓦内的曾孙……"

葡萄牙人扬起手臂，阻止了他无休止的念叨。事实上也不是打断：祖父念着祖先的名字，声音越来越小。他不想得到过多的关注，在这样又小又穷的环境中，过度关注是致命的危险。他的谨慎是徒劳的。因为不消片刻，来人的周围便聚集了一片人海。由于害怕被人群吞没，这位外国人又坐回了马鞍上。他想在高处被人仰望，仿佛人们在望着神祇：在天空的凹陷处，逆着光。葡萄牙人坐在马背上，居高临下，傲慢地环视四周，似乎在想："这么多人，却没有一个真的是人！"

骑士旁边还有两个骑着马的葡萄牙人。那些动物很不一样，身型毛色各异。但是白人却长得一样：宽檐帽遮着脸，长长的八字胡卷起来，眼神闪躲不安。他们中最矮的一个操着一种混杂的语言说了什么，特桑贾特洛·恩桑贝凭着努力和创造力，翻译出来了：

"我们需要你们的服务。"

祖父是货工商队的首领，组织长途运输。那时候没有公路。唯一的道路是路人的脚踩出来的。货工就是公路，是铁路，是海洋与河流。几个世纪以来，他们的背上驮着贫穷与财富、荣耀与背叛。

特桑贾特洛并非因为他对待搬运工的方式而受到爱戴。他无数次下令收拾那些疲惫不堪、疾病缠身的"懒汉"。他自己讲了一个女人的故事，她和其他女人用绳子捆在一起，却固执地抱着几天前已经饿死的儿子。他不得不下令打她。特桑贾特洛辩解说，他没有恶意，只是怕影响其他人。

他说那些人很狡猾。生活教会他们撒谎，教他们假装丧亲和生病。

受了多年的虐待，他们自然憎恨特桑贾特洛。但是最大的仇恨来自他的名声，他比村子其他人都更富有，更尊贵。在穷乡僻壤，不是穷人就是有罪。我们村子里，财富从来都不清不白。

ଊ

当特桑贾特洛和说着混杂语言的葡萄牙人坐在一起时，半信半疑的情绪笼罩着他。那只是初次会见，我们称之为"开场白"。外国人只是想宣布他们的到来，约定第二天的正式会见。

那天夜里，祖父辗转难眠。有人警告过他：其他地方的商队运输生意已经遭到白人和混血商人的挤占。因此，他早早起床准备，想给葡萄牙代表团留下好印象，不想被当作粗鄙的农民。他问大哥借了欧洲服饰。大哥也只有一件大衣和一副在村口拾到的近视眼镜。牛皮衬裙上套着大衣，鼻尖上架着眼镜：特桑贾特洛自信满满地登场。现在没有疑问了：整个地区没有人能比他提供更好的服务。

"还有一件事：我只给到达终点的货工报偿。"

但不是用钱支付。他用路上抓到的奴隶偿付。这就是生活，他的哲学是：今日为人所有，明日做人主人。世上所有人都是奴隶或奴隶主的后代。

葡萄牙人从枪套中抽出一把手枪，一道金属的光泽让特桑贾特洛睁不开眼睛。他低下头，假装摇晃着皲裂的脚。欧洲人挥舞着手枪，像摆弄扇子，他说：

"我们要发的货很敏感。"

"我为葡萄牙人和英国人运过很多象牙。我的商队去过伊尼扬巴内，更远的洛伦索·马贵斯也去过。"

"这次不一样。我不瞒你：是武器。"

祖父用力往下拽已经缩到手肘的外套袖子，把眼镜推上鼻梁，抖落裹裙上想象中的灰尘。接着，他第一次直视欧洲人：

"老板们从远方来。你们唯一了解的遥远是海洋。在陆地上，遥远有很多好处。"

"什么好处？"

"遥远貌似提供了上千种逃跑的方式。但它是最大的监牢。没有货工敢逃跑。"

"那好，我们来讲紧要的事：你运不运武器？"

"从哪儿运到哪儿？"

"有人从洛伦索·马贵斯运到林波波河。你再从那儿运到希科莫。"

回家的路上，一种奇异的感觉涌上特桑贾特洛心头：他觉得武器不会挪地方。它们总是留在今天的位置。像野草一样长了又长，没有理由，没有目的。

☙

特桑贾特洛沿着海滩往家走：夜色已经降临，林间的小路危险丛生。妻子在院子里等待他，默默地听他讲述与葡萄牙人的会面。

"武器？"妻子很惊讶。

她沉默了一阵，注视着大海，其实什么也没有在看。接着，她站起来，双手叉在腰后，像是与自己的身体对抗。她万分笃定，冷静地说：

"老公，你得知道一件事：武器不能用来买卖。你要是接了这桩委托，我就离家出走，逃离这个村子。再也没人能见到我。"

"但是老婆，那些武器是用来击退敌人的。"

"敌人离开后，步枪不会沉睡。我们将被现在怀里抱着的武器屠杀。"

"我都不知道为什么要告诉你。我有自己的生意，这是男人的事。"

妻子的反对让祖父彻夜难眠。他睡得不好，第二天早上醒来感觉更差，特桑贾特洛看见一个货工站在家门口。他的脚下有一包象牙和兽皮。男人鞠了一躬，顺势将手摸进包裹底部。他举起货物时，发生了一件让特桑贾特洛难以描述的事情：包裹周围的地皮都随着包裹一起动了。土地像一块毛巾一样升起，一团尘土悬浮着。货工的身旁出现了一个无底深渊。男人轻而易举地将整个景观举过头顶。接着，他把世界放在了头上。这位奴隶稳稳地站在脚底凭空出现的岛上，宣判：

"现在谁也不能走！商队已经死了，永远地死去了。"

货工的主人，伟大的特桑贾特洛，浑身颤抖：他被邪术盯上了。某处不知名的锅里烹煮着他不祥的命运。

当天，祖父特桑贾特洛决定离开海边的村庄。我们为什么远离曾经幸福的家园，这就是隐藏多年的原因。

CR

特桑贾特洛的信使离开了，房子周围扫过的沙土上没有留下他的一点足迹。我应该去找母亲，告诉她来自地底的消息。但是我没有。我尊重这里消息的迟滞，整日待在家里，打算第二天上午再和母亲说。

但是我没有说。因为天一亮就传来消息，一只鬼魅般的野兽袭击了村庄，在街上四处乱窜。这只怪物——我们叫作特希戈诺——攻击村舍，窜进畜栏，留下一片狼藉。

没过多久就轮到我们来证实传言的真实性了：一个巨大的影子跃过围墙，闯进了我们的院子，女人和小孩一阵恐慌。

乍一看，它似乎是最怪异最恐怖的野兽。接着，它的身上散发出一种熟悉感。怪物越展现出人形，就越为恐怖。它就是这样。特希戈诺的头上垂着三根鸵鸟的羽毛。皮制的软帽在脑后用一根带子绑紧，使它的头看起来更大。它的脖子上挂着一条黑色牛皮带子,我们称为廷科索。它的腿上、腹部、手臂上都装饰着牛皮带子。它的腰部则系着一条野猫的皮。一开始,它吼叫的声音更像动物而不是人。不一会儿,我们却发现它吼的是祖鲁语,是侵略者的语言。这个发现加重了恐惧。

几个男人从震惊中恢复过来,鼓起勇气跳上他的背,用蛮力制住他。他们开始殴打他,这时,我的父亲制止了他们:

"我们看看这倒霉蛋是谁!"

他的伪装被强行撕开。我不知道自己是否感到惊讶:躲在面具背后的不是别人,就是我的哥哥杜布拉。我从地上扶起他,父亲送走了愤愤不平的邻居。最后只剩下我们,卡蒂尼久久地看着儿子,问道:

"为什么?"

杜布拉没有回答,他忙着拾起散落在地上的饰物。

"为什么打扮成这样?"父亲又问。

"我又没有打扮成战士的样子,我就是恩古尼战士。"

"你疯了吗?"

"我从未如此清醒。"

父亲双头抱头,来回踱步:热尔马诺·德·梅洛要是知道我们家有人出演了这样不幸的场景,他会说什么?

母亲跪在儿子面前,把手覆上他的头,温柔地恳求:

"在你舅舅回来之前走吧。我弟弟要是见你打扮成这样,会用长矛刺穿你。"

"我来这儿正是为了让舅舅看见。"

"你想挑衅他吗?"

"恰恰相反,我是出于对他的尊重。"

"我不明白,孩子。"

"舅舅穆西西是这个家里唯一的男人。我很骄傲能有他这样的敌人。

我希望有一天能和他面对面搏斗。"

◎

兄弟就是我们自己，尽管只是一半的自己。杜布拉不止我的一半。他就是另一个身体里的我。他是我最爱的哥哥，是母亲偏爱的儿子，生活却将他推离了我们和我们家。大哥属于少数对恩古尼人抱有好感的人。对他来说，最大的敌人，最招惹众怒的，无论是现在还是以后，都应当是葡萄牙的统治。

侵略发生之前，我们根本不知道杜布拉对恩古尼人那么崇拜。傍晚时分，我们看到他爬上最高的沙丘。那里草木凋零，白得刺眼。他警觉地坐在山顶上，面朝南方。村子里的人以为他是在提防恩古尼人的到来。但是令他行动的不是恐惧，而是对他们到来的渴望。

黄昏时刻，我爬上山坡，晃着他，叫他回家。

"不要再这样下去了，杜布拉。我们希望你回家给父亲道歉。"

他默不作答。他等着那些野蛮人，仿佛在等待自己。他想被侵略。他想被征服，从头到脚，直到忘记自己之前是谁。

"比起某个葡萄牙人，倒不如是恩昆昆哈内。"

他又解释：恩古尼君主是一个没有帝国的皇帝；白人是一个没有皇帝的帝国。皇帝死后就陨灭了；帝国却活在我们的脑中，哪怕消失了，也仍然鲜活。我们应该抵御地狱，而不是魔鬼。

我们无数次劝说杜布拉克制对掠夺者明晃晃的好感。舅舅穆西西不会接受这些妄言。无奈之下，我的老父亲绝望地问道：

"那如果侵略者之间的战争结束，恩古尼人胜利了呢？对我们来说有什么区别？"

"恩古尼人要是赢了，我总能成为什么人。如果葡萄牙人胜利了，我们会成为什么?"

他说,我们已经见过马吉瓜内的例子,他是恩昆昆哈内手下的军事领袖。他不是恩古尼人,但是得到了接纳和晋升。他又质疑道:在卢西塔尼亚军队里,有哪怕一位黑人将领吗?数以千计的黑人在与葡萄牙人并肩战斗时丧生,你可曾见过倒下的非洲人获得纪念和偿报吗?只有我们的弟弟穆瓦纳图,生性愚笨,还自以为赢得了白人的尊重。哥哥杜布拉激动地说着。

当父亲和儿子发生争执时,真正的原因总是另有其他,那是比语言还要久远的口角。我已经熟悉了双方争论的结局。我的父亲一直是最后放话的那个人:

"我不关心蛇是什么颜色。杀死我们的毒总是一样的。"

○○

决战前夜——战争即将在马齐穆伊尼平原打响,战士希佩伦哈内造访了我们村子。他的气势激发了所有人的信心。这位乔皮将军得到了葡萄牙人的支持。但是他看起来不需要庇护者。他是宾瓜内国王的儿子,王位的继承人,第一个相信自己能力的人。

附近所有村子的男人都前赴后继,加入即将对战恩古尼人的希佩伦哈内军队。各家各户都忙于备战,除了我们。

昨夜,我的父亲邀请舅舅穆西西一起抽姆班格[1]。"一起抽烟"是为分歧打上结束的封条的意思。但是父亲不抽烟。只有穆西西抽烟,他还把有麻痹作用的烟雾留在胸腔。我的老父亲只是时不时地清理用作烟斗的犄角。每次俯身时,他都皱着脸抱怨:

---

[1] 乔皮语,一种土烟。

"地面一次比一次低。"

在公布这次见面的真实目的之前,他们任时间绕着弯子。终于,父亲表明了真实意图:

"今天我要去挖出我的矛。"

他在手中装满沙子,猛地朝攥紧的拳头吹气,说明他在发誓。

"我不明白。"穆西西说,"你要挖什么?"

"明天我要和你一起上战场。"

"你抽烟前喝酒了?"

"我决定了:明天我要去和秃鹫对战。"

穆西西发出一阵大笑,以示回应。抽烟的仪式是为了达成一致,不应该造成更大的分歧。离开的时候,穆西西刻意不回头,避免凶兆。

穆西西的蔑视只会更坚定我老父亲的决心。傍晚,他全副武装,一脸严肃地出现在妻子面前。"我错了,我的幻想破灭了。"他又认真地说:

"明天我将成为士兵,我要和你弟弟一起出发。"

希卡齐打翻了正在筛的米。丈夫的宣言也打翻了她的心,一片一片撒在米粒之间。丈夫拖着一条席子到院子外时,她更加惴惴不安。在室外过夜证明他决心已定。因为战斗前夕,战士会远离爱人而眠。

℘

那天晚上,男人与少年在广场上聚集。穆西西爬上一截老树桩,面向人群:

"你们怎么想的,我的兄弟们?我们还等葡萄牙人吗?"

一声振聋发聩的"不"响彻整个村庄。舅舅再一次撼动了人群:

"我们还等那些只会承诺却从不会兑现的人吗?"

他表面是说葡萄牙人,却是在暗示我的父亲。卡蒂尼·恩桑贝此时不知所踪。卢西塔尼亚军队得到命令不进行任何干预。父亲喝了太多的酒，听从了酒精的命令瘫倒在床。

恩扬加[1]占领了舅舅的临时讲台，散播有力的讲演。与其说是讲演，不如说是唱词，他保证大家可以勇往直前，因为只要他们服下他做的药，就能对敌人的武器免疫。

人群肆意地唱歌呼号，闹哄哄地走远了。看着路上涌动的人群，我想，我们和我们的敌人真是太像了。

CR

我们的男人回来时，明显能看出，他们不是士兵。他们是农民和渔夫，没有任何作战的准备。说到底，穆瓦纳图弟弟有多不像哨兵，他们就有多不像士兵。然而事实是，无论是谁，走在战败的队伍里，都带着溃败的哀伤和羞愧。他们低着头走过广场，长矛拖拽过地面。我的父亲站在我身边看着这无法安慰的场景。我从未见过他如此空洞、如此无光的双眼。卡蒂尼假装看见，假装流泪。

战败的人消失在各家各户的阴影里。所有人都回来了，除了杜布拉。

CR

两天过去了，我的大哥没有任何消息。我们知道他去了马齐穆伊尼战场，和侵略者的军队会合。其他就不知道了。接下来的几天，没有人提起他的不在，可是一片阴云始终笼罩着我的家。

第三天，希卡齐决定去见她的兄弟。我不待她请求，便陪她一起去。

---

[1] 乔皮语，指男巫。

在穆西西的院子里,我们甚至没有坐下。母亲痛苦的双手在胸前交叉又放下,突然指向前方,仿佛射出指责的利箭:

"杜布拉今天还没有回家。你,穆西西,杀死了我的儿子。"

"谁告诉你的?"

"梦和我说的。我们是姐弟,我们被同样的祖先拜访。"

"我没见到杜布拉,战斗前后都没有。"

"你没看见他,是因为我的儿子在战场上变成了另一个人。你杀了他,穆西西。听清楚:你再也不会有属于你自己的夜晚了。"

○○

这天上午,我独自去了被诅咒的马齐穆伊尼平原,现在改名为"死亡平原"。我去找我的哥哥,隐约地希望他活着。离村的路上,几个村民向我走来,惊讶地问:

"你要去哪里?这条路是禁地。"

说出目的地后,他们的眼中流露出一丝恐惧,恳求我不要去。在我的坚持面前,他们摇摇头,迅速离开,就像看到了疯子或麻风病人。踏上错综交叉的小路前,我发现我在大叫着:

"你们怕我吗?你们当然应该害怕。因为我离开这里时是个女人,回来时是个鬼魂。"

我不紧不慢地顺着通往平原的山坡向下走。我边走边想:我的哥哥加入战斗的时候,确信了解自己的敌人。而我却恰恰相反:我不知道该恨谁。我不知道该为谁而死。也就是说,我不知该爱谁。我羡慕他,羡慕他失去了生活的意义,却找到了死亡的理由。

其他人对我和杜布拉的恐惧将我们连在一起。人们害怕他的全然不驯。男人和女人都害怕我。男人怕我,因为我是女人。已婚女人怕我,因为我年轻貌美；我可以是她们的过去。单身女性嫉妒我进入了白人的世界；她们永远无法成为我。

我沉浸在这些想法里，没有察觉到自己已经到达悲剧的发生地。踏入战场前，我脱下拖鞋。我光着脚，就像走进陌生人家里一样。我穿过死人、呻吟着的人和奄奄一息的人。死人太多，有一瞬间，我不忍再看。我的眼睛瞎了，站在原地，无法动弹。如此多的身体中，只有我的仍然存在。恢复视力后，我发现我的脚被染红了。这时候我才发现，整个大地都在流血，就像地下的肚腹破裂了。

CR

衡量战争的残忍程度的，并不是墓碑的数量，而是无处安葬的尸体的数量。我思索着这些，在破碎的尸身、豺狼和猛禽之间选择下脚的地方。

战争最大的创伤是我们永远不会停止寻找所爱之人的尸体。谁会想到我会成为一个注定穷尽一生在灰烬和废墟之间行走的女人？

我在荒野里行走，呼喊着哥哥的名字，徒然地希望他能回答我。

"杜布拉！"

CR

地上的尸体仿佛是一个醉酒的神播撒的种子：四处散落，却随处可见突兀的尸山。有人挪动了尸体吗？还是他们凭着最后的群体意识，爬向同一个地方，害怕死亡撞见他们的孤独无依？

我的呼喊声再次回荡在荒凉的大地：

"杜布拉，我的哥哥！"

突然，我听见有人在回答。一位仍穿着军装的战士在我前面挣扎着呻吟。他仰躺着摔下，脸部隐藏在士兵的面具下，看起来伤得很重。他悲切地重复：

"妹妹？我在这儿，妹妹。帮帮我！"

一开始，我觉得他的声音很生疏。他伤得太重，连声音都变形了。脸上覆着的羽毛下传出他的叹息："我在这里，妹妹！"泪水模糊了我的双眼。一个最荒诞的问题脱口而出：

"杜布拉，你还活着吗？"

除了自己的泪水，我没有收到任何回答。我要找的人就在那儿。或许要救他已经太晚。但至少杜布拉能在爱他的人的陪伴下回家。我想到了母亲看见我们的快乐模样，看着我们相互搀扶，跟跟跄跄地往前走，仿佛是同一个影子。

"我们走，哥哥。我帮你。"

我避开他的脸。在临终者的眼睛里，我们看见自己的死亡。我碰到他的手时，一个疑问突然冒了出来。这不是哥哥的手。那位年轻人是别人，一个陌生人，他在将死之际，把我认作了亲人。我站起来，在他周围转了一圈，打算离开。这时候，奄奄一息的人低声说：

"我知道你会来。所以我才等着……"

我努力扶他起身，搀着他一起走。我们挽着胳膊，就像新婚夫妻，朝村子走去。

"走，哥哥。我们回家。"

士兵走了几步，倒在我身上。一股血液染污了我的身体，他的手臂已完全失去气力。即便如此，我仍然重新扶起那具无力的沉重身体，艰难地往前拖，直到他再次颓然倒在最后的土地上。我跪着为他整理衣裳，仿佛面对我醉倒在家门口的哥哥。

这时，我听到了一点响动。有人来了。一开始只看到一个人形。他穿着黑色的斗篷，活像一只猛禽。再近一些，我认出那是靠偷窃战场上的破烂来谋生的可怜人。他在尸体之间跳来跳去，动作滑稽，活像秃鹫。他背着一个口袋，装满了衣服和武器。我几乎失声地哀求：

"请帮帮我！求求你！"

他看着我，仿佛我也不过是一件战争的破烂，可以塞进他那丰硕的口袋。我畏缩地退后。那人问道：

"你从哪儿来？我从未见过你。"

"我是当地人。"

"你也在收割吗？我很久没这么丰收了，感谢上帝。"

男人在我的沉默里感受到了深深的指责。他举起双手，更加像猛禽的黑色翅膀。

"我偷死人的东西，只是为了让他们不遭自己家人掠夺。他们很快就会来，那些豺狼……那你来这儿干什么？"

"我来找人。找我的哥哥。"

"我不是说这片坟墓。我问你为什么在恩科科拉尼。"

男人像野兽一样嗅闻，他靠近的时候，我感受到鬣狗的气息。他凑近那具躺在我臂弯的身体，啐了一口唾沫，说道：

"这个男人身上已经没有人气了。"

他转头要走，却又反悔了，拖着袋子叮当作响，绕着我转了一圈，问我：

"你叫什么？"

"我？我没有名字。"我回答。

我似乎激怒了他。他丢下口袋，里面的东西滚在地上。他向我走来，举起手臂：

"永远不要再这么说。你知道怎么真正地杀死一个人吗？不需要割断他的脖子或是用刀捅他的心脏。只消偷走他的名字。生者和死者都可以被这样杀死。所以，我的孩子，永远不要说你没有名字。"

他蹲下来把偷来的东西重新收进袋子，换了更亲近的语气，几乎像家人的坦诚相见。他说可以教我本事，一门手艺，让我不再缺衣少食。他盗过伊尼扬巴内和洛伦索·马贵斯的白人墓地，发现葡萄牙人会在一块石头上写下被葬之人的名字。他说，那是他们复活的方式。

"你找的人是不是一位军官？"

"不，只是一位普通士兵。"

"那还好。你知道恩昆昆哈内怎么对待强敌的尸体吗？挖他的心，抽出他的脊椎，化成灰喂给士兵。他们就是这样吃掉我们的力量。"

然后，他哼着曲子，拖着沾满灰尘的口袋走了。甜美的声音和阴暗的形象格格不入。他的身影消失后，我松开自己的衣裳，盖在毫无生气的尸体上，那具身体曾经有一刻是我的哥哥。我留他在那里，面朝下躺着，既没有墓穴也没有墓碑，却也因造物者的怜爱获得了遮蔽。

我全身赤裸地走进村子，却感觉我走错了路。恩科科拉尼满目荒凉。不仅是荒凉，甚至给人一种从来没有住过人的感觉。我尖叫着，哭泣着，泪如雨下。

不一会儿，女人们纷纷赶来。"我的孩子，你为什么尖叫？"我不知如何回答。多数时候，我们尖叫是为了不再听见自己的声音。"为什么哭得这样伤心？"她们又问。还是没有回答。从死人那儿回来的人没有话说。

"我们带你回家。"

战争就是这样：人们永远不能再回家。这个家——即使过去属于我们——已经死去了，没有人在此出生。没有床铺，没有肚腹，甚至没有一个废墟来安放我们的记忆。

CR

第二天，我决定去拜访那位为士兵祈福并承诺他们刀枪不入的巫医。他家位于河湾，其他人都不敢住在那里。

恩扬加坐在燃着的火堆旁。曾经就是在那里,他煮好了药,给我哥哥喝下。我手里抓着仍在燃烧的灰烬,想撒到巫师的脸上,烧掉他的眼睛,使他永远失明。但是我没有做,燃烧的木屑烫伤了我的手。

"不是我的错!"男人说。"你的哥哥从这里走的时候就没有了身体。"

也许是真的。也许杜布拉是天使,一颗子弹折断了他的翅膀。天堂的生物就是这样坠落的。巫医振振有词,光脚踢起一团灰烬。接着,他强迫我松开手指,放下烧着的木炭。

"你感觉不到烫吗?"他问。

没有告别,我便离开了,游荡在伊尼亚里梅河岸。有那么一刻,我趴在缓慢的流水中,仿佛一张枯叶缓缓地漂浮。雨水冲刷死者。河流洗净生者。

那一刻,漂浮在缓缓的流水中,我明白了只是离开恩科科拉尼并不够。我想离开自己的生命。祖母拉耶卢阿内死于天空的火焰。祖父特桑贾特洛消失在地底。我将溶解在水的臂弯。

"杜布拉!"我叫着。

一个黑色的影子出现在河岸,漫无目的地招手。从姿态和衣着看,正是不久前在战场跳来跳去的男人。但并不是他,而是村里的瞎子,一边像狗一样嗅闻着道路,一边往前走。他请我不停地说话,好知道我的位置。我告诉他我是谁。他伸出双臂,仿佛拥抱空气:

"上岸吧,伊玛尼。河流是出生的地方。"

一触到我的身体,他就扯过我的手臂,仿佛救下了我。"你怎么知道我在这里?"我问。他说我的悲伤过于喧闹,而且我还像特桑贾特洛在矿井里一样行走:用指甲刮着泥土,希望寻找出路。

"你的出路是这条河,我的孩子。没有其他的路。带上你的父亲。因为老卡蒂尼已经像我一样瞎了。"

在充满硝烟和死亡的世界,我的父亲只能听见音乐。我带着父亲离开这里,这是瞎子的请求。

第二十二章
中士的第十一封信

恩科科拉尼，1895 年 7 月 10 日

尊敬的若泽·德·阿尔梅达参事：

  今天早晨，伊玛尼怒气冲冲地出现在军营。不需要她开口，我就知道我得跟着她走。我跟着她走过长长的小路，从侧面看，我觉得生气的她甚至更加美丽。

  "可以告诉我你要带我去哪儿吗？"

  她没有回答。我们坚定而快速地深入荒原，直至闻到了腐肉的气味，一幅最凄楚的画面在我的眼前展开：一大片躺满死尸的平原。我想回去，伊玛尼却握住了我的手，爱抚一般摸着我的手臂。她的声音暗藏着苛责：

  "看呀，热尔马诺中士。您看看这广阔的墓地，告诉我，这么多死尸，我去哪儿找我的哥哥杜布拉……"

  她接着用隐忍的声音说，我的谎言不比担保刀枪不入的巫师祸害小。她问我，我承诺的卢西塔尼亚军队在哪儿？

  "您还记得您承诺过要帮助我们吗？您现在要怎么帮我们，中士先生？"

  我猛地挣开她，跑回家里。我慌不择路，拣了一条荆棘丛生的小路，只想远离那股令人作呕的气味。

  我一定是昏过去了。我只记得我在自家院子里醒来。母鸡卡斯塔尼

亚离我的脸一拃远,正用她那近视而空洞的目光盯着我。我听见远方传来廷比拉琴的旋律。又听见一个女人遥远的歌声。我告诉卡斯塔尼亚:海的那边有一个唱歌的女人。她叫什么名字?她没有名字。我称她为"母亲"。我的母亲轻声哼唱,为了不让父亲听到。那些古老的歌谣现在是我的,我要为谁歌唱?为你,我亲爱的母鸡。

我胡言乱语着,卡斯塔尼亚一下子睡着了。家里没有别人,可我总担心吵醒谁。我仍然被我童年里的那个彻夜不睡的男人囚禁。

我终于清醒了些,挪进屋里,热了一盏茶,继续阅读伊玛尼来找我时没读完的信件。我又看了一遍您近来的一些抱怨,我亲爱的参事,我能想象到我们共同的上级不理智的怀疑给您带来的痛苦。我们的王室特派员一定收到了关于您的不实信息。

那些对您的指控不仅无凭无据,而且极为不公。妄图在短短几天内完成与贡古尼亚内的谈判,完全是对当地生活的时间概念一无所知。我认为自己正在逐渐取得当地首领的信任。但这么久以来,我还是没有搞清楚到底是应当和伊玛尼的父亲谈,还是和她的舅舅谈。他们因争夺村子的领导权而不和。我应该选择舅舅,尽管他对我们不友善,却与宾瓜内王室关系密切。但是,我还要权衡伊玛尼的父亲卡蒂尼平日对我的帮助。

无论如何,我都无法理解您收到的命令,竟然让您立即撤离曼雅卡泽,在希科莫等待新的指示!您在希科莫除了荒谬的等待,还能做什么?我亲爱的参事,他们对您的所作所为就像对我一样:这是囚禁您。对我们在莫桑比克南部的存在,这种专横会造成灾难性的后果。

我开始同意您的说法,他们对您的态度是因为您和一位黑人女性同居。请原谅我的坦诚,这让您名利双收。二者皆与我无关。来恩科科拉尼吧,亲爱的参事。这儿有足够的地方安置您和您的黑人妻子。

我亲爱的参事,不要把我这胆大妄为的邀请当真。现在,我再一次阅读我写下的东西,我发觉我的语气变了很多。这些信件,可以说是我们故土的女人逃离孤单的阳台。我坐在阳台上,仿佛看着里斯本的某条街道。可惜这不可能是我村里的道路。因为我在村子里没有兄弟。我没有童年。

您会觉得我的冗词赘语很奇怪。或许比起一位士兵,我更是一位诗人。事实上,我带来的最珍贵的东西是两本读了无数遍的诗集。一本是安特罗·德·昆塔尔[1]。另一本是格拉·容格罗[2]。后面这位诗人一定是在描述我的军营,他在《祖国末日》里写道:

> 活石砌成干燥的堞口
> 用来抵制巨人和秃鹰!
> 如今碎石机里
> 那些残缺的砌块
> 变成了铺路的石头。

在一个阳光明媚的下午,我怀着这样的心情重读这些诗句,突然涌起一种奇异的迷狂。我喝过酒,头晕目眩地仰躺着,任由阳光直戳戳地打在我的脸上。我感觉到身下的一块石头动了,吓得坐了起来,发现自己身在一个堆满巨石的空地上。在全然的谵妄中,我意识到其中一块大石头开口说话。

"不要害怕,我们是石头。"石头说。

"不对。"另一块石头反驳,"我们是人。我们伪装成石头,以免被带到船上做奴隶。"

"谁会带走你们?"

"所有人。黑人会带走我们,白人也会带走我们。"

1　Antero de Quental,1842—1891,葡萄牙作家、诗人。
2　Guerra Junquelro,1850—1923,葡萄牙作家、诗人。

迷狂之中，莫西尼奥·德·阿尔布开克的身影出现了。他是一名久经沙场的军人，知道如何分辨石头的真假。骑士策马前进，以剑锋划过石头，燃起火焰吞噬道路。接着，骑士和马回身穿过火海，竟毫发无损。莫西尼奥用他鹰一般的眼睛辨认石头的真伪。骑士向活着的石头发起猛烈的攻击。一时间血肉横飞，火焰和血液融成了一块红布。

你能想象出这一切都是胡言乱语。所以我才说：我受够了胡写的诗和胡做的梦了。我也受够了自己。在上封信里，您说您厌烦了枯燥的政务，希望我描述自己的日常生活。亲爱的参事，恐怕我也是一如既往地重复着贫瘠的单调。因为，我的日常就是日复一日。然而我也不抱怨。规律的生活对我甚好。我不应该忘了自己是囚犯。像所有的囚犯一样，我应该制造一些生活规律，来克服时间的单调。

清晨，穆瓦纳图为我拿来水和桶，供我洗漱。伊玛尼会晚点到，带来她母亲给我准备的食物。我接过锅的时候她微微一笑："您俨然是我母亲的丈夫了，不知道我父亲怎么接受这点。"我很高兴看见她的微笑，她的笑容在意料之中，却又在意料之外。那姑娘已经不再坚持给我上课了。她干其他活儿：整理、清扫、洗衣服。不过，我不应该准许她整理我的卧室。那有风险，姑娘会认字，她可以看我的文件。但是如果有问题，也已经发生了。伊玛尼每天都会问我借一些纸、一瓶墨水和一支羽毛笔来书写。她坐在厨房，涂涂抹抹，我不知道她在写什么。我向您承认，那是我唯一不喜欢她在身边的时刻。我刚刚给了她一支笔、一瓶墨水和一令纸，条件是她得离得远远的，到我看不见的地方写字。不知道为什么，我看见黑人书写会让我感受到压力。我很高兴他们能准确地说我们的语言，没有口音。然而，他们书写的才能让我感觉是一种入侵。

尊敬的先生，这就是我在恩科科拉尼的日常生活。如您所见，寥寥数行就可写完。这样还好，因为晚些时候，能听到鬣狗和豺狼的叫声。入夜之后，盘旋在小灯四周的虫子包围了我。我用笔尖挑起落入墨水的小虫。

它们还活着，我把它们放在纸上爬。它们身后留下了一串墨迹，仿佛加密的信息。

我亲爱的参事，还有一件日常琐事我没有说过。那是一件我每日例行的宗教行为。明天把信交给穆瓦纳图前，我会请他坐在椅子上听我说话。我要跟他讲述第一千遍 1 月 31 日起义者受审的故事。这事我每天都要做。对于偏执的叙述者而言，愚钝的穆瓦纳图是最好的听众：他明白别人在说什么，却无法理解别人要说什么。这孩子是长了耳朵的石头。即使我说上几个小时，他都丝毫没有厌烦或疲惫。

现在我要跟您讲我对穆瓦纳图讲了无数遍的事情。我希望您知道那次审判中发生了什么。它不仅判决了我，还判决了整个国家。亲爱的参事先生，您同样遭到了战争委员会的判决。事情是这样的：我们在莫桑比克号小船上的集体寝舱里一连等了几天。那里聚集了平民和军人、中士与将军、记者和政客。

每次我们由卫兵押送经过甲板时，都能看到亲人朋友在码头恸哭。他们为丈夫、孩子、兄弟哀泣、呼号。还有一些妇女在绝望中扑向锚链。每一次我都会留心，偷看我亲爱的母亲是否也在其中。我从来没有看见过她。她一定在我们遥远的村子里，丝毫不知我艰难的处境。

我的同伴逐个被唤到战争委员会所在的隔间。他们在那里受到简短的审判。轮到我时，突然刮起一阵可怕的风暴，掀起巨大的海浪，船体剧烈摇晃，不停将我们从一面墙拖到另一面墙。战争委员会秘书用左胳膊勾住舱门，开始诵读判决，他脸色苍白，犹如一个鬼魂。大法官一贯的高傲倾覆在地。判决者喝醉了一样晃晃悠悠，仿佛被判决者一样虚弱。

好几次，晕船迫使秘书中断庄严的宣读。他干呕着坚持到最后一段："……基于上述原因，被告热尔马诺·德·梅洛被判处……被判处……"他没能结束宣判，失控的呕吐打断了他。其他审判官赶紧逃上甲板，互相拉扯着，以免被海浪卷走。

几天后，风暴平息，我们被召集起来听取未宣读完毕的判决。朗读涉案人员的名字还是那个战争委员会秘书。他一边读，一边就会有一位被告起身，被送离小船。我们此刻明白，名单上是要被释放的人。每念到一个名字，就会站起几个士兵，他们匆忙离开，脱掉标志着军人身份的军帽和外套。名单只念了一半，房间几乎已经空了。我不安地看着身边的一位记者，他一直平静地观望着一切。"你呢？"他问我，"你这么渴望被审判吗？"我回答说，我对律师的辩护有信心。开庭时，我记下了他讲演中几段激动人心的话。我摊开纸，读了一段辩护词来鼓励同伴："我要怎么告诉你们，人民正在为我们面前的罪犯鼓掌？难道你们不知道吗？法官先生们，那热情的回声没有传到你们的耳朵里吗？街上和窗外不正挤满了为起义军欢呼鼓掌的人？佩德罗广场仿佛在举行庆典，每个人的脸上都流露着无尽的喜悦。"

我暂停了阅读，看到记者嘲讽的脸。他问："念完了吗？"我说没有，我还没有读到最激动人心的结尾。我几乎想要站在长凳上，为律师的话语打上高光："基于上述诸多原因，你们应当尽可能地宽恕这些不幸的人。有什么理由不呢？你们审判别人，历史会审判你们……"

记者深深地看我一眼。他原本戏谑的语调换成了一种父亲的语气："你知道宽慰我的是什么吗？我们，1月31日起义的失败者，将比战争委员会的法官更幸福。"

这时候，莫桑比克号小船突然起航。起初我们以为是幻觉。或者他们只是在调整小船的方位以适应汹涌的波浪。但后来，我们茫然无措地发现小船离开了莱索斯港，经过马托西尼奥斯。莫桑比克号在翻滚的海浪中继续前行，直到抵达特茹河口那风平浪静的水面。船在那里抛锚。在平静的水面上，我得到了片刻的安宁，那是一种在不幸降临前的复杂感受，杂糅着紧张与冷静。因为那一刻，我收到了流放非洲的判决。

第二十三章
没有翅膀的蝙蝠

> 我们这样埋葬死者：把他们送去粮仓，在他们冰冷的手心塞满粮食。接着对他们说：带着你们的种子走吧！

清晨，一群女人冲进葡萄牙人的家，搅扰了他的睡眠。场面异常骚乱，中士费了好长时间才明白她们在喊什么。他终于听懂了那个手舞足蹈的女人的话：

"我们刚刚看见了圣母。"

"圣母？什么圣母？"

"我们不知道。究竟有几个圣母？"

热尔马诺跌跌撞撞地穿着衣服，在院子里边蹦跶边套上鞋子。人群拥向我家的方向。天色晦暗，葡萄牙人跟着人潮往前走。为首的女人以手指地，用混杂着乔皮语的葡语说：

"看见了吗，先生？这些脚印。"

"是她的吗？"

"不。这些是天使的脚印。"

"什么天使？"

"和她一起来的天使。"

中士停下来，抖出鞋里的沙子。他想不理眼前的闹剧，回到家中，可又怕遭到误解。太阳还没升起，天气却已经很炙热了。

"离这儿远吗？"

"就到了，差一点儿。"

中士想，她们总是说快到了。为什么这些人不知道计算距离？他又问起显灵的事情。那会儿天色昏暗，有没有可能弄错了？一位妇人反驳说：

"到了之后您就看见了：是和教堂里一样的圣母。"

"肯定是她的同胞姐妹。"另外一位妇人说。

"而且她的两只手也合在一起。"第三位说。

"手合在一起？"中士惊讶地问。

"神父总是称她为合手圣母，因为她总是双手合十。"

葡萄牙人并不想纠正什么。妇人们的胡言乱语已经够难理解了。最年长的农妇依次翻译了同伴此起彼伏的言语。中士缺少一位能翻译他的想法的人。他开始想象自己以情人般的温柔分开无染原罪圣母合在一起的双手。他感觉着那双自由而感恩的手抚摸着他的身体。该死的炎热让我们造了罪孽，他一边擦拭脸上的汗水一边想。

这时，他听见军营传来一声枪响。接着，又响了一声。又响了一声。妇人们眼看着葡萄牙人匆匆忙忙地奔向家中。

CR

哥哥杜布拉死后，鸟儿就不再经过我们村子上空。少数几只飞鸟经过，却都颓然下坠，仿佛撕裂的云朵碎片。它们下落的时候，羽毛散落，每一片都在随风狂舞。这样的景象也越来越少见。不久，恩科科拉尼的人们便会失去抬头看天的习惯。

那天清晨，穆瓦纳图在站岗的时候，一直盯着天空。这时，他听见军营后面传来女人的声音。中士穿过夜色，在女人的簇拥下离开。他想了下要不要跟上鼓噪的人群,但又不能放弃哨兵的职责。这时,一条大鱼从屋顶飞过。它停在杧果树上,树枝支撑不住,它又摆动鱼鳍,回到天空,仿佛在游泳。穆瓦纳图举起枪射击。一次,两次,三次。大鱼在空中跌跌撞撞,似乎要坠落,但它又奋力拉升,重新回到高处,仿佛第一次振翅。

哨兵匆忙跑上街道,把刚刚目睹的景象公之于众。村民们围聚在一处,迷惑又怀疑地听着。人群间出现了不同的观点:有人说众神糊涂了,将天空变成了海洋;另外一些人说这是末日惩罚;还有一些乐观主义者认为这不祥的先兆不会落在我们身上,而会落在恩古尼人身上。如果天空变成了海洋,侵略者作为厌恶水的民族,注定会死亡。我族的敌人受到了诅咒,会在波涛中沉没。

这时候,中士热尔马诺气喘吁吁地出现。枪声让他惊惧,因此他无心应对飞鱼的消息。葡萄牙人在胸前画着十字,摇了摇头,仰面看天,乞求救命。

"我亲爱的穆瓦纳图,在你们这儿,耶稣会失业的:这里每个人都在施行神迹。"

我的弟弟昂首挺胸走了出去,伸出手指,大声宣布:

"天使经过了这里。我向它们开了很多枪。"

CR

气味令我们疯狂。从马齐穆伊尼战场传来的恶臭告诉我们,秃鹰和鬣狗还没有把尸体蚕食成白骨。腐烂的不是尸体,而是土地本身。

臭气攫住家里的墙壁,粘在母亲得知儿子死讯后一直穿着的衣服上。连我父亲嗷嗷叫着进门来时,母亲仍然一动不动,仿佛自己不存在。卡蒂尼的脸上沾满了血。和其他男人一样,他咋咋呼呼地展示着小小的伤口:"我要瞎了!"我扶他坐下后,他一直盯着母亲,希望得到一点注意。

"谁把你抓成这样的，老公？"她终于开口问。"哪个女人有这么锋利的指甲？"

"是一棵树！一棵树抓伤了我。"我们为他洗脸时，他大声嚷着。

我的老父亲去寻找马林巴琴的材料时，会把耳朵贴在树干上。他在察看树是否怀孕。那天，他去寻找最后一把马林巴琴的木材，他这样做时，却有人破坏了他的兴致和行动。

"可恶的树长出了爪子，我看见它的爪子把我拖向地狱。"

他提高音量，想吸引妻子的注意，却没能成功。天空那么宽阔，希卡齐正在用她的目光抚平无尽。老父亲阖上眼皮，血顺着他的脸流下。他闭着眼，听见妻子说：

"那只白母鸡，你为什么杀它？"

"因为我饿了。"

"它是为葬礼留的。"

"什么葬礼？没有人死。"

"有。你儿子，你的大儿子死了。不要骗自己了，卡蒂尼·恩桑贝。"

她索性一口气说完："另一个孩子从脑子出走了。你的女儿也已离开我们。只剩我们了，老头子。"

"伊玛尼，你会抛弃我们吗？"母亲问我。

不等我回答，她便接着说了下去，说我已经不在了。说我编造信使的来访，假装祖父还活着。说我因为害怕而编造了一切。说我形单影只，没有朋友，没有追求者。母亲说了这些。她还说错在我的父亲。

"你在指责我不是个好父亲？就因为我想让我的女儿脱离苦海，因为我希望她去更好的地方？"

"她正在逃离她自己。"

希卡齐起身，双手撑在背上，摆出孕妇的姿态。停顿了很久以后，她接着说：

"白母鸡是为我们的儿子留的。他死了。"

"我们见着他的尸体了吗?"父亲问,"回答我,希卡齐,不要背对着我:有人见着尸体了吗?"

想要告诉他们杜布拉已经死在我怀里的冲动淹没了我。但我什么都没说。在我臂弯渐渐死去的那个人,还在变成我哥哥的路上。

CR

杜布拉死后,一周过去了,没有一只鸟回到我们的天空。周日清晨,天刚亮,母亲吊死在了高大的特松特索树上。她看起来像干枯的果子,一只枯萎的黑蝙蝠。我们叫来父亲,他趿拉着脚步,小心翼翼地靠近。他坐在茂密的树冠下,盯着尸体,仿佛在等它长出叶子。

"她没有死。你母亲长成了树。"

微风时不时地吹动尸体。就像一阵舞蹈,她经常跳给我们看。天快黑时,我问:

"我们要留她在那儿吗?野兽会吃掉她的。"

天色很暗,我没注意到中士的到来,他惊恐万分地命令我们:"把尸体挪走!立刻!"

穆瓦纳图一如既往地服从。然而我的老父举起手臂,说:

"谁也不能动她。那不是尸体。是希卡齐,我的妻子。"

中士热尔马诺无奈地绕着树转来转去。他一直尝试接近我,笨拙地安慰我。某一刻,他还建议我们一起祈祷。随后他又反悔:不能祈祷,因为没有人会为自杀者祈祷。他又完全下定决心,接着说:

"上帝保佑,伊玛尼,求你的父亲带她去教堂吧。"

"带去教堂?"我的老父反驳,"她已经在教堂里了。我们的教堂就是这棵树。"

我父亲的这个说法很奇怪。葡萄牙人难以置信地看着他。卡蒂尼不是皈依的黑人吗？热尔马诺晃晃脑袋，想要甩开这难解的疑问。如果一个黑人作为一家之主都能如此轻易地改变信仰，那要怎么保证他的忠诚呢？中士在胸前克制地画着十字，嘴里念念叨叨地离开：

"他们既感受不到罪的沉重，也不知何为羞耻：怎么能指望他们成为好基督徒呢？"

❧

尸体在那里留到第二天，像一只挂在黑暗中的蝙蝠。清早，我走近尸体，害怕看到她被时间侵蚀，因为她对我来说是不朽的。但是没有腐败的迹象，没有气味，没有苍蝇，也没有乌鸦。晴空下没有秃鹫盘旋。我在父亲身旁坐下，他整夜坐在那里注视着亡妻。有一刻，他说：

"她太美了！"

他是对的。即使干瘪如斯，母亲仍然保持着活人的优雅。或许是因为尸体被清晨的雨水浸润。水从她的脚上滴下，留下一个小小的悲伤的水坑。"这样是对的。"父亲缓缓点头，"死人应该被雨水洗涤。"

"你希望我爬到树上吗，父亲？"沉默了很久后，我开口道。

"就让我们把她留在她选择的地方吧。"

❧

不久，那根勒死母亲的绳子开始使我呼吸困难。正午，死人失去了影子，邻居带着震惊和遗憾陆续散去。我也想要离去。父亲抓住我的手臂，拒绝了我。

"你留下来，我的女儿！"

父亲以出乎意料的敏捷，拿着一把砍刀上了树。他一下子割断了绳索。我以为尸体的坠落会发出一声脆响，就像树木倒下时一样。但是没有。一片断裂的云朵悄无声息地坠落，既没有折裂声，也没有实体。

我的蠢弟弟穆瓦纳图还想跑去接住尸体。他几乎被身上的重量压扁，那一刻，他和母亲东倒西歪地躺在地上，我们很担心会见证第二场死亡。

ɔ

穆瓦纳图全程参与了母亲的葬礼，他在村里的仪式和教会葬礼上都表现自如。父亲背着尸体，仿佛他的背是安葬母亲的土地。穆瓦纳图提出要帮助父亲运送尸体的时候，表现得神志清醒，与平时判若两人。父亲背负母亲的时间比需要的长很多，因为他没有和任何一个人商量，便已决定将母亲安葬在上吊的那棵树下。

父亲在墓坑旁转了好几圈，接着无力地跪在地上。我们一齐拥上帮忙，将死者妥帖地安顿在坑里。我们合上墓穴，一如方才合上她的眼皮。然后我问自己，为什么要合上死人的眼睛？因为我们害怕被他们凝视。为什么要把冰冷的尸体埋在地底？因为我们害怕承认自己早已死亡。

平整土地时，中士在坟墓上插了一个铁十字架，他闭上眼，邀请我们一起祈祷。只有穆瓦纳图听从了号召。舅舅穆西西走向众人，拔出地上的十字架，突然开始用乔皮语高声呼唤我们的祖先。中士看着我们，仿佛在求救。但是穆西西没有理会他无声的恳求，他让我充当翻译，询问军人：

"我问你，中士先生，你的上帝是所有人的父，是所有语言的创造者，他难道只懂葡萄牙语吗？还有你，外甥女，不要只做翻译。告诉他我们黑人是怎么做的。还是说你已经忘了自己的种族，伊玛尼·恩桑贝？"

"我的种族？"我沉默地问自己。那一刻，我感受到巨大的悲伤，我早就是个孤儿。这种孤独无助不只是我的，也是我所有黑人兄弟姐妹的。

成为孤儿不需要死亡。它甚至从我们出生前就已经开始了。

　　我凑近沙地上倒下的十字架,把它重新竖在母亲的坟墓上。我记得她曾用那么温柔的语气对我说:沉重的不是死人。而是那些从未停止死亡的人。

第二十四章
中士的第十二封信

恩科科拉尼,1895 年 7 月 29 日

尊敬的若泽·德·阿尔梅达参事:

我不知该如何安慰伊玛尼,我告诉她,她的母亲有一天会回来。"她不需要回来。"姑娘立即回答,"她从未离开这里。"她带我去屋后看一个白蚁巢。她指着那座小山说:"我们在这里埋葬了一辈子的星星。这是我的慰藉。"

之后,她和我讲了一些事,可能亵渎神明,却是我听过的最美丽的异端邪说。她说死人不在地球上行走;是他们推着地球转动。死人用沙子和风做的绳子绑住太阳,防止它逃离天空。她还说死人为鸟儿和雨水开路。他们在每一滴露水中降落,给土地施肥,供甲虫啜饮。

姑娘说起这些一气呵成,丝毫没有停顿。"你从哪儿学的这些?"我惊恐地问。"我没有必要学。"她回答,"我就是由这些做成的。白人的故事我才需要学习。"

"可你不是天主教徒吗?"

"我是。但是我还有很多其他神灵。"

那番言论并没有震惊到我。或许是因为,作为一个优秀的共和党人,我是公开反教会的。讨厌神父是我从父亲那儿唯一继承的优点。我的母亲

完全不同：她为了弥撒而活，那是她唯一可以离开家门的时刻。她走向教堂时我甚至认不出来：内敛的脚步，面纱遮着脸，头发包裹在黑色的披肩里。家里禁止她成为母亲，街上禁止她成为女人。

我从希卡齐的葬礼回来，揣着一个没有答案的问题：人们为什么会吊唁不相信死亡的人？对那家披麻戴孝的非洲人来说，死人没有死去。那他们为什么服丧？这些疑问非但没有使我苦恼，反而在回到军营后带给我久违的平静。

发现马里亚诺·弗拉加塔在客厅等我，我不无惊讶。他一见到我就晃着一个信封向我展开：

"我刚到，这个给你。"他一脸神秘地说。

他还没有从发霉的沙发上起身，就先提醒我：

"做好准备，我亲爱的热尔马诺。你不会喜欢里面的内容。"

"这是什么？"

"是你这几个月来寄出的信。都在这儿。"

我摇了摇头：我的信？是若泽·德·阿尔梅达退给我的吗？为什么现在退给我？

弗拉加塔接下来的话在我受伤的胸口捅了最后一刀：我的信没有一封送到过若泽·德·阿尔梅达参事的手中。读信和回信的一直都是艾雷斯·德·奥内拉斯中尉。

"我完全不明白，我亲爱的弗拉加塔，我写的所有那些……"

困惑演变成了重重疑问。中尉为什么要拦截我的信件，更糟糕的是，为什么要给另外一个人？奥内拉斯想知道什么秘密？为什么要利用我对一个视如父亲的人的信赖呢？此时，没有一个问题能找到答案。于我只剩下一声叹息：

"我没希望了！这会是我的结局……"

"或许不是你想的那样。"弗拉加塔企图救火。

"怎么不是我想的那样呢？别忘了，弗拉加塔，我是戴罪来的非洲。现在，我的秘密被揭穿了，他们会枪决我。我的结局将和萨尔迪尼亚一样……"

我还提醒您的副官，我在信件往来中暴露了自己的多少秘密。我曾多少次咒骂君主政府，多少次辱骂我的上级？我究竟是为什么没有在一个无名小卒应做的例行报告中自我克制呢？

"不要想多了，热尔马诺。没有这么严重。"

"不幸的是，我恐怕只能担心会发生最坏的情况。看看……"

我给弗拉加塔看了一封不同寻常的信件，它阴差阳错落入我手中。那是一篇关于王室特派员发给伊尼扬巴内军事指挥部的电报丢失的调查说明。艾雷斯·德·奥内拉斯亲口承认他对这次失误负责。我高声诵读了奥内拉斯亲手书写的认罪书：

"……特派员阁下，我请求上帝的原谅，因为尽管并非故意，但我造成了您的工作困难。请您宽恕我的过失……"

弗拉加塔打断了我，让我平静下来。奥内拉斯可能是傲慢又野心勃勃的人，可能有追踪的癖好。但是他不是一个会加害我的坏人。而且，有一件事我不知道。奥内拉斯负责接收和回复所有发给若泽·德·阿尔梅达的信件。在若泽·德·阿尔梅达本人的许可下，他总结各类电报和信件内容并向其报告。

我接受了这种没有说服力的安慰。我打开信封，重新阅读这几个月来我写下的文字。此时，弗拉加塔已经精疲力竭，沉沉睡去。我把我的床让给了他，因为我知道我将一夜无眠。我想我再也睡不着了。

第二十五章
故土、干戈、入土、放逐

士兵获得制服；人类失去灵魂。

母亲去世后，穆瓦纳图又搬回家住。父亲接受了他，仿佛他从未离开过，和他不说话，也不理会他。那个回家的人只是一个陌生人，一个借宿的客人。穆瓦纳图似乎不那么愚钝了，但仍然沉浸在自己的世界里。他坐在院子里的树荫下，重新长出了根。我们担心地看着他。因为他的手臂长成了步枪的模样，这几个月来，他夜以继日地扛着枪。

然而，那天早上，穆瓦纳图·恩桑贝做了一个决定。他拿着一把铁锹走向村里的墓地。外头来的人不会称村子北边的河边灌木丛为墓地。但正是在那片神圣的灌木丛，安息着恩科科拉尼最古老家族的逝者——我们称他们为"土地的主人"。白人叫"埋葬"，我们叫"播下死人"。我们是土地永远的儿女，我们给死者的馈赠一如土地给种子的赠礼：孕育重生的睡梦。

除了肩上扛着的铁锹，穆瓦纳图像阅兵一样，庄重地在左臂架着他的步枪，一把马提尼-亨利。这回，我的弟弟不能用"播种"这个词。因为他其实是去埋葬他的武器，这把步枪在想象的战斗中与他并肩作战，对抗恩古尼侵略者。这样，他将埋葬一部分的自己。另外一部分早已埋葬在理性的深处。

这场墓地之行，穆瓦纳图要去完成一个任务。自从回家以后，他每天晚上都会做一个梦。梦是这样的：母亲在上吊的树顶上命令他丢掉步枪，再也不要假装是葡萄牙人的西帕依士兵。

"丢掉这把枪，我的儿子！把这把破枪埋在河边。"

"破枪？给点面子，母亲，这可是一把马提尼–亨利。"他一字一顿地念出枪的名字，仿佛在给她描摹音节。

这样念出来的名字在他眼里好似闪耀着勋章的光辉。我的母亲从未见过他如此小心地对待别的物件：清理外壳的专用布料，涂抹内壁的油，还有包裹枪管的毛毡。所有的重视都说明那不单纯只是一把武器。

"我不是在求你。"母亲命令道，"现在和你说话的也不只是我。这里有很多声音，他们都说着同样的话：丢掉这把步枪。"

指令很明确，并非个人的心血来潮。埋葬卡宾枪之时，穆瓦纳图也将埋葬战争本身。

CR

去墓地的路上，弟弟掂了掂这支步枪的重量。当这位自我想象中的士兵走步时，他从未感受到沉重。相反，他觉得步枪是他的一部分，是他身体的延伸。

"它是我与生俱来的武器。"他与母亲争辩。

她什么都不懂。他的身体里有很多人：一个卫兵和一个卡布韦尼，一个黑人和一个白人，一个基督徒和一个异教徒。他如何能变成一个单独的整体？如何能再次只作为她的儿子存在？

走下伊尼亚里梅河谷，弟弟脚步虚浮，摇摇晃晃，暴露了所有的不安。然而，他突然改变方向，向军营走去。他打算在履行承诺前和热尔马诺中士谈谈。他尽管离开了哨兵的岗位，却没有忘记士兵的纪律。如此严重的不驯需要得到祝福。

❧

一开始，葡萄牙人装作置身事外，但片刻之后，他抬高声音，惊讶地问：

"你要干什么？把武器埋了？"

"我是打算这样做，我的中士。"

"你想让我干什么？和你一起去，为下葬祈福？"

穆瓦纳图没有那么大的胆子。他只是想让自己的疯狂举动得到祝福。因为他，勇敢的士兵穆瓦纳图，基督徒和受洗者，是如此无助与困惑。比如他一直想知道，为什么一把步枪要起人名。"马提尼-亨利"？出于应有的尊重，和对神祇的敬畏，黑人从不会给武器取人名。

"对不起，我的中士。我只是来征求您的意见。"

"你想要建议？那告诉我：这把枪不是你买的，对不对？你记得是谁给你的吗？"

"是您给我的。枪和制服。"

"难道你已经忘了，给你这把枪是去杀上帝和葡萄牙的敌人的？"

"我觉得我没忘。"

"觉得？如果我是你，我会交还这把枪。况且你不当哨兵后就应该这么做。你要归还枪和制服，就那件你还穿在身上的制服。枪支、弹药，还有你自己，都属于葡萄牙王室。"

"如果我不把枪埋了，母亲来我梦中时，我怎么向她交代？"

"随便告诉她点什么。撒个谎，告诉她你埋掉了那把该死的枪。她永远不会去确认你的说法。"

"不要这样说我的母亲！不要……"

穆瓦纳图往后退，他的手像布一样绞在一起。葡萄牙人第一次害怕起这位愚钝的哨兵。他的脑中闪过一个念头，穆瓦纳图经历了严重的退化：他又变成了黑人。而既然他再一次成为黑人，就不再值得信任。中士的不信任越来越强：如果那孩子的枪可以用来杀人呢？那丢掉枪或许更好。他假装懊悔的样子，同意埋葬马提尼-亨利。穆瓦纳图走之前，他还喊道：

"你姐姐呢？她再没来过……"

"伊玛尼还在难过。仅此而已……"

"告诉她我翻出了一些新布，如果她愿意，可以过来。你也是，穆瓦纳图，过来看看，我想念你。"

年轻人挥挥手，含含糊糊地告别。他的笑容很悲伤：葡萄牙人怎么会想他，这些个月以来他从没自己说过话。每次有白人访客想和他打招呼，问他好不好，中士都会打断他：

"永远不要问一个黑人好不好，下一秒，他就会问你要东西。"

因为这些记忆，西帕依士兵很想踢一脚中士的宠物母鸡。他没有踢她，而是啐了她一口。唾沫星子挂在鸡冠上，母鸡的眼神却依旧冷漠而空洞。穆瓦纳图想成为这样的人：没有内里和外在，感觉不到内疚和疲惫。

最让他烦恼的不是记忆，而是葡萄牙人的建议。向死者撒谎？中士也许是强大的人。但他却不懂，在这里说了算的是别的神灵，它们和土地一样古老。他再次向墓地走去。

◈

正值中午，岿然不动的时刻，大地吞噬了影子。在神圣的树林里，弟弟以豹子一般的小心，踏在影子上，直到选中了一棵大树，它的根系钻出地面，好像深色的手肘。他要在那里挖墓穴。他跪在地上，含含糊糊地开始单调冗长的念叨。他是在祈祷吗？不。他是在念战争中倒下的人的名字。

微弱的低语从他的口中溢出，但是每个名字他都念得像给老人和小孩穿衣服一样小心。某个时刻，他突然在稠密的沉默中陷入窘迫，然后抱怨道：

"我不记得还有谁了。可恶的战争……"

这就是死于战争之人所面临的残酷之处：他们永远不会停止坠落，就像死亡的蝙蝠，爪子卡在了时间里。即便如此，穆瓦纳图还是挺起胸膛，结束了念叨：

"我在这儿呼唤你们，乔皮族的战士！"

他在开始挖坑前抚了抚枪。"乔皮族？"他高声问，为自己的话感到奇怪。

ଓ

穆瓦纳图使劲将铁锹插入炙热的沙土里。这时，他听到一声金属撞击的脆响。他又愤怒地挥铲，仿佛杀蛇一般。又一道火花闪过，大地似乎在冒光。一种不祥的预感迫使西帕依士兵看向天空，祈求帮助。整个太阳印入他的瞳孔，阳光的漫溢使他失明。这便是他的意图：让死者暂时消失。活着和死了的神灵也都忘记他。

再睁开眼睛，穆瓦纳图看见一支短矛。这就是出现金属声和火花的原因。他翻动短矛旁边的沙土，洞底出现了长矛、弓箭。武器数不胜数。所有的战争遗存都出现在他脚下。

西帕依士兵没有完成任务：他踉踉跄跄，匆忙回家。他拖着步枪，仿佛拖着一把没用的锄头。这样的巧合让他百思不得其解：为了埋葬一把枪，挖出了一个老军火库。

在门口脱下靴子后,穆瓦纳图匆忙将马提尼-亨利藏到柜子后面。接着他找到父亲,坦白了发生的事情。更确切地说,未发生的事情。

他发现父亲正忙着打扫后院。父亲以前说,扫地就像钓鱼,都是没有用的事。母亲去世后,父亲已经放弃了自我。"我越不像活着,他们就越不会想杀我。"他这样说。如果不是因为我,他唯一的女儿,只怕他早已丢下财产、房子和自身。当然,他需要多花一些时间才能摆脱蒸酒器和马林巴琴。

扫地是他现在唯一的任务。穆瓦纳图讲述林子里发生的事情时,他也没有放下扫帚。当着邻居的面,他不能表现得慌张。某一刻,他靠在扫帚上,拉下帽檐遮住额头,低声说:

"一些事情不能在大街上说。我们进屋吧。"

在房间的一角,卡蒂尼坐进椅子里,忧愁击溃了他。他脱下帽子放在膝上,一阵长长的沉默后,坦言道:

"你在树林里找到的东西既无法解释,也不能为人理解。"

"别吓我,父亲。发生什么事了?"

"发生的是还未发生的事情。"

他慢慢地卷起一支烟,仿佛在寻找勇气。"没有人喜欢烟叶和烟。"他总是这样对我们说。烟民的乐趣在于被时间消磨。他咳嗽了一阵,喳着嗓子,含糊道:

"我要告诉你:我是那个坑的父亲。"

"您说什么,父亲?!"

"你挖的正是我之前挖过的地方。我在那里藏起了我的短矛。"

"您也埋葬了您的武器?"

"武器不能被埋葬。它被藏起来,等待下一场战争。现在我们去看看那个坟墓。"

他挂着扫帚,把它当作手杖,重重地合上大门,走到街上。两人沿着小路走,穆瓦纳图陷入深深的沉默,父亲趿拉着他的靴子。把那两只绑在脚背上的鞋掌称作靴子着实大度。

他们在穆瓦纳图先前挖坑的树旁停下来。树根现在看起来更暴露了,它们紧紧抱着大地,仿佛在宣称自己的专有权。

父亲俯下身,从坑里捡起短矛,啧啧嘴表示他的担忧。

"是同一个洞。这是我的短矛,你看这个记号。"

"那其他的武器怎么来的呢?"

"不是来的。"

"什么叫不是来的?"

"它们出生在这里。它们是活的。"

他请儿子帮忙收集所有武器,然后分类堆放。短矛一堆,长矛一堆,盾牌放在另一堆。老卡蒂尼逐一地查看每堆武器,仿佛一位检阅军火库的将军。最后,他说:

"就这样放着吧,让武器离坑远远的。我们赶紧从这儿离开,越快越好。走的时候不要回头看。"

❦

他走近的时候,我正在院子里准备生火,穆瓦纳图拉着一张犯了事的脸。他和我讲了埋葬步枪的失败经历。

"中士问起我了?"

"他说他想你。我去还制服的时候必须给他个回复。枪我不还了,但是这身制服要还。等恩昆昆哈内的人来了,我可不想被错认。"

他坚持让我告诉他要给葡萄牙人带什么口信。我沉默了一会儿,猛地起身，吓了可怜的穆瓦纳图一跳："脱掉衣服，弟弟。我是你姐，这是个命令。脱下这该死的制服。"

"现在？"

"就是现在。"

裤子、衬衣、外套落在地上，仿佛一声叹息。我捡起这些衣物，扔向火堆。不消片刻，就在穆瓦纳图惊慌的注视下，火焰吞噬了衣服。在他抱怨之前，我怒气冲冲地说：

"就是穿着制服的男人强奸了村里的女人。"

这种事是臣服于战争的男人做的。他们创造出一个没有母亲，没有姐妹，没有女儿的世界。战争需要活在没有女人的世界中。

在察觉到父亲快要进门时，我的弟弟害羞地离开了。卡蒂尼松开绑着的旧鞋掌，嘟嘟囔囔，仿佛在对大地说话：

"我以为你已经做好了饭。"

我的脑中闪现了一生的重担：比起爱情，恩科科拉尼的男人更需要女人按时为他们做饭。在这一点上，我的父亲与所有恩科科拉尼的男人都一样，活着就是为了有人伺候。我身上重现了女人古老的职责。

父子两人在院子里老杧果树下的桌边坐下。我做的事和母亲在世时一样：拿来一个水罐和一条毛巾，供男人们洗手。我默默地端着饭菜，就像倾听母亲的缺席。卡蒂尼烦躁不安，他大口啜饮着恩索佩酒，当他开口时，声音被黏住了：

"你刚才命令你弟弟脱衣服了？现在我命令你：站起来，我的女儿。站起来，解开裹裙。"

就连穆瓦纳图都鼓起勇气表达了他的气愤，但是父亲又重复了他的命令。我迟迟没有听从。父亲喝醉了，艰难地组织语言：

"你，我的女儿，你很聪明，做的梦都离这里很远。告诉我，伊玛尼：那个白人看过你吗？他碰过你吗？"

"父亲,请不要……"

"闭嘴。我不是说让你脱衣服吗?"他又提醒我。

我松开系在腰上的布,完全赤裸,我一动不动,手臂像士兵一样垂直。我头发凌乱不堪,双腿纤瘦,细长伶仃,我的身体比身旁噼啪作响的火光还要轻。

"你瘦得像一颗子弹。"父亲评论道。

卡蒂尼·恩桑贝惊讶于我的模样。我那么像个女人,盛满了妻子那种深深的沉默,不说话的时候,周围的世界都安静下来。他看着地上跳动的影子,命令我重新穿上衣服。他接着说:

"子弹是活物。所以它们才杀人。就是因为它们还活着。你呀,我的女儿,你像一个死物。"

他的结论是:"没有一个白人会想要这样的你,既不柔软,也不丰盈。"既然母亲已不在世,我便不会再说我出生时就骨瘦如柴。

"你现在瘦,以后不会了。因为你腰上和大腿上有文身。看见了吗,穆瓦纳图?"

"我不能看,父亲。"

"但是你已经看过了她的身体。"卡蒂尼·恩桑贝打断了他的话,"你知道没有男人可以抗拒那些文身。这样,葡萄牙人知道你不会溜走,当他……"

"葡萄牙人有其他习俗……"

"够了,伊玛尼。现在来这儿,来喝点儿酒,忘了你是谁:一个可怜的黑人姑娘,冒着土气……明天你就回去葡萄牙人的家里,迷得那个外国人晕头转向,就像这篝火的火苗一样。"

他给我倒酒的时候,我在想:是的,我是一颗有文身的子弹。我会射中那个男人的心脏。我要永远离开这该死的村庄。

CR

天亮了,灰蒙蒙的。母亲去世后罗西舅妈就在我家帮忙。她在出门下地前穿上了厚衣服。在恩科科拉尼,只要黎明变成灰色,我们就开始准备过冬。或许那天极为炎热,但是,只要是阴天,我们就都会穿上厚衣服。在恩科科拉尼,天色比温度更有发言权。颜色有如此权威,以至于我们都没法给它们取名。

那个灰色的早晨,舅妈罗西穿着厚衣服去了地里。她的身上背着全世界的悲伤。到了地里,她叉开双腿,慢慢弯下腰,像一颗即将熄灭的星星。锄头在她手中起起落落,像一把刀刃在犯人的脖子上抖动。那个被判刑的人是她自己,无力扭转自己的命运。

渐渐地,舅妈陷入一阵不可抑制的哭泣,但她没有停下锄头,她的身体在完成大地的舞蹈。她很快听到一声金属的脆响,好像锄头刮到了一块石头或骨头。她用手指拨拉着沙子,看见那里埋着一把手枪。她忙跑去叫邻居来。女人们觉得最好不要碰那把武器,她们能做的只有填回旁边的土,装着什么都没看见,什么都没有发生。然而,当她们刨土掩埋发现的物品时,却挖出了数以百计的子弹,它们都一个样子,就像水塘里长出的蝌蚪。她们急忙收起锄头往回跑。

一回到家中,舅妈就告诉我们发生的事情。两个男人保持沉默。那是一种把握先机的沉默。直到舅舅穆西西开口:

"明天你去远点的地方锄地。但不要一个人去。带上其他人。"

CR

半夜,穆瓦纳图在家中头晕目眩地醒来。母亲又来找他。她来提醒他未完成的任务。他要埋葬的不光是自己的武器。

"所有的武器？"儿子问。

"所有的。葡萄牙人的也是。"

"我们不能掩埋葡萄牙人的武器，母亲。"

"你不明白，我的儿子。不是战争需要武器。相反，是武器催生了战争。"

ॐ

第二天清早，舅妈匆忙冲进家中。她摇晃着睡梦中的丈夫：

"战争，老公……"

"发生什么了？我们被袭击了？"

她点头确认。舅舅穆西西赶紧起身，他光着身子穿过房间，从兽皮口袋里拿出一把老步枪。他大声叫着穆瓦纳图。外甥很快出现，双眼熠熠生辉，手里握着步枪。

"发生什么了？"他问，"恩昆昆哈内打来了？"

"我不知道，我没听到枪响。"舅舅说。"他们从哪儿来的？"

舅妈罗西一动不动，仿佛感受到家里看不见的存在。终于，她小心地指向地上。

"我不明白，"舅舅说，"房子下面有人吗？"

她点点头。"它们无处不在。"她的手指轻轻晃动，再次指指地面。

"到底是谁呢？"

"它们。"

有什么东西在房子的骨架里嘎吱作响。我试图缓和紧张的气氛，坚定地说：

"是特桑贾特洛。祖父来找我们了。"

"闭嘴，伊玛尼。我再问一次，老婆：地板下面有人吗？"

"是它们，那些武器。"

罗西低声讲述了方才发生的事情：她又一次出门去垦荒，这一次去得更远，在河岸边。然而，不一会儿，她又找到了不祥的物件：在这片新的土地上，她瞥见一块马的头骨落在鹅卵石上。此外，还有一个马鞍和一副马镫。在她的脚下，躺着一匹曾在她梦中飞驰的骏马。谁知道这是不是莫西尼奥·德·阿尔布开克本人的坐骑呢？

头骨周围散落着无数的子弹壳，舅妈罗西发誓，这些子弹壳长了脚，像贪婪的虫子，吞噬着路过的一切。这支地下军团挖出的地道延伸到整个世界，即使逃到远处，还能听见它们用爪子刨地的声音。女人们四处逃散，高喊着得赶忙逃离那处。

"我们完了。"她得出结论，仍保持着克制而庄重的站姿。"我们将死于饥饿，因为再也没有土地耕种了。"

这就是恩科科拉尼：战争把大地变成一个墓园。一个装不下任何死人的墓园。

第二十六章
中士的第十三封信

恩科科拉尼，1895 年 8 月 11 日

尊敬的若泽·德·阿尔梅达参事：

  我从未想过会如此思念一个几乎不存在的人。一个愚笨、沉默而遥远的男孩，用他的离开在我的心口开了一个洞。自从穆瓦纳图回到父母家中，我原本就很严重的孤独和绝望变得无药可救。我一直以为，无论身在何处，上帝会是基督徒的永恒伴侣。或许我不是一个好信徒，或许恩科科拉尼超出了神的关切范围，二者必有其一。

  我不知道我是思念穆瓦纳图这个人，还是思念作为送信者的他。实际上，没有书信才是我最大的失落。这些天，我开始神志不清，幻想地板上铺满了纸。我打开窗，一阵轻风吹来，纸页飘到空中，打着旋儿在远处翻飞。我眺望远处，田野里都铺满了纸张。成千上万的信纸连成一条一望无际的围巾，逐渐消失不见。旷野之中，躺着一个年轻人的尸体，胳膊上刺着"母亲的爱"。走近一些，可以看见他全身上下都有文身。他用微小的字母在身上刻了一整本书。死者复活了，维持着坐姿和清醒。他开始将皮肤上的文字眷写在纸上。但他很快意识到，穷尽一生都无法眷抄完皮肤上比毛孔还要多的文字。

  我是不是疯了？您一定会这样想。我也是。因为这份癫狂，几天前，

我以前的哨兵来看我时,我简直兴高采烈。他已经回到了岗哨吗?我错了。男孩前来不是为了留下。他只是来为一个愚蠢的任务寻求建议。他想埋葬我发给他的武器。我借此机会询问了他美丽的姐姐伊玛尼的消息。他告诉我他什么也不知道。他在撒谎。显然姑娘不想见我。我尊重她的意愿。正如我尊重她的弟弟穆瓦纳图的愚蠢想法,装作听他说话,给他建议。

然而,这周我在村里买鱼时碰见了伊玛尼。她没有看我。这和她平素对待我的态度并无差异。眼睛要低垂,女人都这么和男人说话。她没有看我,但是开口说话了。她的问题不能更奇怪了:

"您觉得我是一颗子弹吗?"

我没有理解,她又重复了一遍这个荒谬的问题。我邀请她一起去拜访她母亲的墓地。她沉默着同意了。我们静静地坐在她家后院。

"以前有大象经过这里,"她指向树丛,"现在一头也不剩。你们把大象全部杀死了。"

"我们?"

"杀人的是开枪的人还是下令的人?我问您:象牙让你们变得更富有吗?"

"我没有,伊玛尼。我没有。"

姑娘接着问:"你们剖开大地的腹部偷取矿石的时候,就是这样的。你们会命令黑人叠罗汉,直到触到月亮。乔皮族的矿工会开采月亮上的银矿。"

姑娘的话里透出一丝无法隐藏的怨恨。我之前确实撒谎了。但是还有别的更古老的原因。

"是因为我是白人吗?所以你才疏远我?"

"生活就像一场潮汐。"

我承认,我还没有准备好理解那些充斥在黑人话语里的隐喻。伊玛尼的灵魂几乎与白人无异,但她的语言仍然让我感到惊讶。

我发出求和的信号:"我现在能明白黑人对我的种族的痛苦感情。"

我分享了一段里斯本的回忆。那是我父亲唯一一次带我去看斗牛比赛。在某个时刻,因为公牛已经筋疲力尽,状似无害,人们派了五六个带着羽毛装饰的黑人,骑着滑稽的纸壳马入场。那些饰品让他们行动困难,却在人群中掀起了搞笑的热潮。斗牛猛地向这些可怜虫扑去,让他们个个受尽凌虐,一直抱怨演出太过乏味的观众此时开始欢呼雀跃。

我抬眼看向伊玛尼,想知道故事的效果。她的表情依然平静。

"这不是种族主义。或许也可能是。实际上,他们也把加利西亚人扔进了斗牛场。"

"加利西亚人是黑人吗?"

"不。他们和我们一样。"

"热尔马诺中士,我们是谁?"

我不知道我笑了没有,也不知是否达到了我的目的。我只知道姑娘站起身,邀请我和她一起,静静地站在她母亲的墓旁。

"您的母亲还活着吗,中士?"

我回答说不知道。伊玛尼久久地看着我的眼睛,摇了摇头。她说那是她听过最悲伤的回答。

我想在信件的结尾部分讲述这几天最让我惊愕的事情。一位陌生的信使来到我家,他是一个瘦小的黑白混血儿,蓝色的眼睛像鱼眼一样宽。他从伊尼扬巴内来,除了例行信件,你都想不到,他还带来了一封我母亲的家书。他把信封递给我的时候,我一动不动,只是发怔:

"我母亲的信?"

小伙子几乎是掰开我的手指,把信封塞进我手中。他向我道歉:信纸在过河时沾了水。我跑回房间,想要缓慢而开心地阅读信笺。水沾湿了字迹。但是我因为感动而湿润的双眼,战胜了这显而易见的不可卒读。只有寥寥几句，内容也很空泛：信里表达了一个母亲对儿子一直寄来思念的问候的感激之情。我放弃了阅读，我完全肯定这封信不是给我的。

我走出房门去找那个信使。我把穆瓦纳图的小房间分给了这位新来的信使，让他稍事歇息。我打断了他的休息，还给他误送的信件。

"这封信不是给我的！"

小伙子半睁开眼睛，又蜷缩回席子上。这时我才意识到我之前从未来过这个狭小的隔间。我感到内疚。我给自己找借口，之前没来过是因为不好意思侵犯别人的隐私。但在内心深处，我知道有另一个原因。

我匆忙回到房间给您写信。我坐下来，像往常一样，开始在纸的顶部填写寄件人。写到我亲爱的若泽·德·阿尔梅达这个名字时，我停了下来。我想到了我们信件往来中的种种误会。

比如，我不明白为什么您会寄给我艾雷斯·德·奥内拉斯中尉给他母亲的信件副本。我承认，我甚至觉得您僭越了对他人应有的谨慎和尊重。但是我现在明白了，我要感谢您的细腻心思。您猜中了我最原始的不安与隐藏最深的需求。现在，书写您的名字时，我的笔悬在纸张的顶部，我做了决定：不能再装下去了。因为我现在知道，不是您，阿尔梅达参事，在阅读和回复我的信。我应当划掉信上的收件人，在它的位置上，写下艾雷斯·德·奥内拉斯的名字。因为我是在和您，亲爱的奥内拉斯中尉交谈，一如从前。

我没有被这种误会伤害。相反，我请求您，亲爱的中尉，向阿尔梅达参事转达我衷心的感谢。告诉他我因为欺骗而感到幸福。我是多么感激，因为那个人一直都是艾雷斯·德·奥内拉斯。对您，我亲爱的中尉，我要说：谢谢您假装成另外一个人。最重要的是，我要感谢您好心地寄来您写给自己母亲的信。您想象不到那些信在遥远的腹地对疗愈我起到了多大的作用。伊玛尼提醒我，世界上没有比不知道亲生母亲是否在世还要悲伤的事，她是对的。您的信给我一种与母亲交谈的错觉，仿佛她为我抚平了流放的痛苦。

我现在确信，我能在非洲腹地幸存，完全得感谢这位生下我的神圣女人。我做过的一切值得骄傲的事，都是受到她的影响。因为她，我加入了1月31日共和党人起义。仿佛通过企图杀死国王，我能报复我那位遥远而严格的父亲。

在战斗广场上，当子弹纷飞，仿佛突然出现的小小铁鸟时，我想起了我的母亲。针对我们的射击从圣伊尔德方索教堂的阶梯上方而来，那是市政厅警卫队的火力点，这是奇怪而悲伤的讽刺。尽管完全不同，我却觉得这座教堂和母亲消失的那座一模一样。母亲在那里消失，只为像天使般轻盈地重生。

在我身旁，我军营的舍友倒在了台阶之上。他胳膊上扛着的红绿大旗和他一起倒下。我俯下身想救助这不幸的人。他裸露的皮肤和制服上没有一滴血。仿佛他只是摔了一跤，他一直嘟囔着什么，听不清楚，但始终不停嘴，直到他的目光被黑暗的套索攫住，不再转动。死去的不仅仅是一位军营的同伴。我也在那里消亡。那一刻，我的眼泪唯一的价值就是带我回到童年的房间。

这场远离家乡的漫长旅途，终究是一次缓慢而不易察觉的回归。那一天，我被留在军事学校门口，我迟迟没有进楼。因为我知道，一旦进去，我的一部分将永远地死去。我站在入口，向街上望去，看看母亲是否会因为内疚去而复返。但是她没有。

多年以后，当我戴着镣铐离开起义者的审判台时，仍然相信，在被告亲属聚集的码头，能等到母亲的拥抱。但是人群里没有出现母亲的身影。

在如此遥远的地方，我不知道她是否还活着。我的心里仍能听到她为我而唱的甜蜜沙哑的摇篮曲。在稀树草原的静寂之中，我在马林巴琴的旋律里听到了它。或许我的母亲一直只是这样：一个温柔的声音，一根纤细的丝线悬挂着整个宇宙的重量。伊玛尼问起我是否有葡萄牙老家的消息时，我应该这样回答她。

我需要生活在黑人和陌生人之间，才能了解自己。我需要在黑暗和遥远的地方衰老，才能知道我还有多少仍然属于自己出生的小村庄。

或许伊玛尼关于蜘蛛和蛛网的话是对的，它们治愈世界，修补我们灵魂的裂痕。也许我在这些流亡的日子里，养成了编造疾病的奇异兴趣。我遭受的不是生理病痛。实际上，长官，我并没有像其他人那样在非洲生病。我得病是因为葡萄牙。我的疾病只不过是祖国的没落和腐朽。埃萨·德·格罗什[1]写过："葡萄牙完了。"写下这句话时，他说他的泪水夺眶而出。这是我和他的病：一个没有未来的祖国，被一小撮人的贪婪掏空的祖国，在英国的反复无常面前摧眉折腰的祖国。

这座破旧的营房没有错。住在军营中的我也没错。我清楚地记得祖父的话：穿上制服，就脱下了灵魂。如果我现在死了，你能毫不费力地带我回到祖国：赤裸的灵魂没有重量。我用不着旅行。因为不会有关于我的回忆。

我的母亲说世界上有天使。我那时还是孩子，拥有世上最全然的天真，却并不相信那些天堂的生物。它们身上有一种悲伤的东西，让我无法相信。我花了这么长的时间才理解了那份悲伤。不是说不能有天使。或许是整片天空都不足以容下哪怕一只天使。

---

[1] Eça de Queiroz, 1845—1900, 葡萄牙小说家。

第二十七章
手的飞翔

死亡时的痛苦是一种假象。死亡只存在于湮灭的一瞬。死者将在另一种存在中重生。我们的痛苦在于认识不到自身的不朽。

"或许，"热尔马诺说，"和你失去母亲相比，我更是失去了母亲。"

中士热切地拥抱了我。他刚刚到我家。在我们追思母亲的那天，他想再次表示哀悼。他悲伤地出现时，我正独自待在院子里：

"我不知道自己想不想见你。"

他仿佛没有听见，将双手放在我肩头。有一瞬间我心生怀疑：那是手吗，还是天使的翅膀，居然如此轻盈？可以确定的是：葡萄牙人久久地抱住我。我从来没有被人如此坚定地拥抱过。我沉沦在拥抱里，比石头还要安静。在那一瞬间，我十五年的全部生命都安放在那个男人的怀里。中士一动不动，好像突然不存在了，令我十分诧异。然而渐渐地，他的双手苏醒了，开始往下滑，在我的背上逡巡，游走在我的大腿上。而我却如此疏离，以致无法反应。我想要抗议的时候，却找不到我的声音。我大力推开了外国人。那一刻，我是一颗子弹，足以穿透那个天使的翅膀。他退了出去，眼睛盯着地上，如此脆弱，让我差点忍不住叫他回来。

那天晚上，我睡得很早，等着一个爱抚一般的轻柔的梦。但我等来的并不是这场拜访。梦里，一团旺盛的篝火点燃了夜晚。母亲赤脚在火焰上起舞,父亲弹奏着马林巴琴。父亲每敲击一次琴键,一只蝙蝠便从马林巴琴上挣脱出来,在我们头上盘旋。有一刻,母亲手里拿着一块火热的炭,放进嘴里,整个吞下。她的舌头发红,嘴唇发烫,对丈夫尖叫:

"火不会烫伤我。我的身体不知道疼痛。你要知道:你打我的时候我从来没有任何感觉。"

卡蒂尼继续弹奏,仿佛没有听见她的话。她在火堆和马林巴琴之间转着圈,抬起头,高傲地宣布:

"老公,我在跳舞。我现在跳舞,而不是你命令我的时候。"

然后,她累了,依偎在我身边,她一身大汗,不断颤抖。我为她擦去汗水,给她喝水。我告诉她,每天清晨,父亲会在她上吊的树旁搁上一点烟草和面粉。他会在那儿坐上几个小时,什么也不看。

"我知道,女儿。你父亲从未陪伴过我这么久。"

我袒露了我矛盾的内心。我和她说起了葡萄牙中士,说他同时既让我恶心,又让我迷醉。我怎么能喜欢一个背叛我们如此多的男人呢?

"你想要一个既不撒谎也不背叛的男人吗?那你将会孤独终老,我的女儿。"

༄

一大早,我把穿过的衣服扔在地上,只在汗津津的身上围了一条裹裙,快步走向军营。我见到葡萄牙人光着膀子,正在抚摸他的老母鸡。热尔马诺惊讶又羞赧地想跑回家中穿衣服。我拦住了去路,和军人迎面相撞。我淫靡地轻语:

"抱抱我,中士。紧紧地抱住我。"

男人无声地僵住了。过了一会儿,他不安地查看周围是否有人。

"别这样,我的孩子……"

我默默地抓住他的手,引他进屋。他的步履如同失明的人,或许正因如此,他都没注意到我已经脱下了裹裙。意识到我全身赤裸后,他整个人不由自主地颤抖起来。

"热尔马诺中士,我想成为女人。"我边说边把嘴唇贴在他汗涔涔的脸上。

我期待着爱抚。但是军人僵住了,他绝望地四处张望。

"我是一把马林巴琴,"我在他耳畔私语,"触碰我的男人会听到任何人都不曾听过的音乐。"

"我不能,伊玛尼。我不是一个人。"

一个影子在地上蜿蜒。起初只是裙子飘动的声音。接着,明暗交接处走出一位白人女性,浅色的头发披在肩上。此情此景,我像被谁推了一把,感到一阵眩晕。然后我发现:我从未见过其他种族的女人。我认识的白人都是男性。我害羞地围上裹裙。客人挡住了我走向门口的路。她高挑、苍白,就像海滩边老教堂里的那尊圣母玛利亚石膏像。她的裙子擦着地面,显得更加高挑。

"她是谁?"她问葡萄牙人。

"她?嗯,她是……她是一个做事的姑娘。"

"我明白她是做什么事的……"

"别寻我开心了,比安卡。"

这位不速之客在我身边转了一圈,用男人才有的眼神扫视我的身体。

"别想就这么离开。"她严肃地对我说。"坐在这儿,我马上来!"

她消失在走廊,留下一缕甜美的香水味。葡萄牙人耸耸肩,悄声说:她是从洛伦索·马贵斯来的意大利朋友。叫作比安卡·万齐尼·马里尼。人们叫她"金手指的白人女士"。

"叫她比安卡夫人。"他提醒我。

客人回来的时候拿了一块布,里面露出半把匕首。我害怕地颤抖。因为妒忌，我将在此结束我的生命。

"别伤害我。"我以几乎听不见的声音乞求着。

意大利女人拖着一条长凳，在我的椅子后坐下。她打开匕首，命令我摆正脑袋，手指插向我的脖子。我开始哭泣，吓得魂飞魄散。那一刻仿佛是永恒。接着，客人开始慢慢地理顺我的头发。突然，一把铁梳子从布里冒了出来。我如释重负地笑了：我想象中要命的匕首，原来只是一个无害的东西。白人女性操着奇怪的口音小声说：

"我们来理理这些漂亮的头发。"

从来没有人夸过我的头发。我的父亲反而觉得我应该戴头巾，掩盖这头卷发的罪孽。给我梳头的时候，外国女人说：

"你的母亲在树上上吊自杀。而我来非洲，是为了寻死。"

她站起来，方便梳头。她的手指编着我乱糟糟的卷发。在她说话时，我依然犹疑地紧绷着脖子：

"我要跟你讲我的故事。所以我才给你梳头。我是和黑人女性学的，没有比这更好的交谈方式了。"

意大利女人说得没错。男人看见女人编辫子，只是以为她们爱美。但她们是让时间变甜。

○R

第一次来莫桑比克时，比安卡夫人怀了身孕，丈夫却逃走了，据说是去了南非。她回到意大利生产。然而，儿子出生不久便夭折了。面对丧子，她只有一种想法：自杀。

"我没有了结一切的勇气。我不如你母亲伟大。"

她想起世界上有一个地方可以轻而易举地死去：洛伦索·马贵斯。那是一个寻死的好去处。结局既不会很壮烈，也不会很纠结：炎热、瘟疫、发烧、肮脏泥泞的街道,所有这些都可以制造死亡,而且不需要肇事者。就这样,她为了死亡回到非洲。在她住的房子里,她找到了一本相册,里面有葡萄牙著名军人的照片。其中一张照片是一个迷人的男人,穿着制服尽显男性的优雅,脸上却现出古怪的忧郁。那就是莫西尼奥·德·阿尔布开克。某个瞬间,意大利女人在将军眼中看见了死亡。她在他的眼中看见自己苦苦寻找的悲剧式命运。有人告诉她,这位英俊的将军将起航前往莫桑比克。我要等着这一天到来,她无声地叹息。多么神奇,她只是在一张褪色的照片上见过那个男人,却重燃了生活的希望。

"我希望此行可以遇见他。我要把他给我的生命还给他。"

在洛伦索·马贵斯,比安卡什么活计都做:卖帽子、做裁缝、卖酒。没东西卖了,她就卖自己。然而她靠赌博发了财。她攒了一大笔钱,足够她不出去工作。于是她动身前往伊尼扬巴内,拜访福尔纳西尼一家,他们和她一样是意大利人。

比安卡讲完后,我长舒了一口气。意大利女人不是热尔马诺的妻子,她只是一个客人。我陷入了她那双苍白的双手带给我的倦意。

☙

军营的远处,骚动已经演变成普遍的混乱。凭空出现的武器让人觉得恩科科拉尼已经被人从大地腹部包围起来。人们纷纷议论,认为是诅咒、报复或巫术。恐惧是最强大的将军,这位头领的肚子里涌出急于听从号令的士兵。

那天下午,比安卡给我梳头时,村民聚集在广场上。他们请求举行希迪洛,一场盛大的血祭,向所有过往的生灵致敬。他们确定了有哪些人去参拜最高的地方,海边沙丘的顶端。这些土地在村庄最早的防御工事之外。在科科洛附近,他们将杀死山羊,和那些身为"土地的主人"的魂灵对话。

"那里不会有武器的藏身之处,"舅妈罗西保证说,"没人能在那里挖洞,因为我们土地最早的主人葬在那里。"

穆西西走在妻子身边,两人率领着庞大的躁动人群。西帕依士兵穆瓦纳图拿着逃过埋葬的老式马提尼-亨利在侧翼前进。他确认所有人无一例外地带着武器:弯刀、大刀、短矛、弓箭、手枪、老式步枪。穆瓦纳图不安地问:

"为什么我们都拿着武器?好像奔赴一场战争……"

没有人回答。西帕依士兵思索着游行的意义,慢慢落在后面。这时他才发现我们的父亲走在队伍的最后。穆瓦纳图从未想过卡蒂尼·恩桑贝会加入喧嚣的人群。他以克制的手势,向父亲问好。

他打算加快脚步,摆脱此刻耐人寻味的景象。这时,他看到舅舅穆西西走过来,焦躁不安地问:

"你收到的命令是埋葬所有武器吗?"

穆瓦纳图没有停下脚步,肯定地点点头。他说:"是死去的母亲下的命令。"

"那我们还得处理掉葡萄牙人的武器。"舅舅说。

ର

村民像军人一样列队前进,渡过河流,进入对岸的森林。那天的云层很低,战士们不得不低下头,以免丢失身体。

再往前走,人们停在一个小树林的入口。开始挖洞之前,他们在一棵桃花心木树干上绑了一块白布,在白沙上洒落几滴烈酒。这样,死者知道自己仍被记挂。

不一会儿,和着雄壮有力的歌声,人们猛地起身,一齐撕裂地面。大地的内部突然出现令人惊愕的景象:一个巨大的武器库在阳光下闪闪发光,吓得人连连后退,将铲子和镐丢向远处。舅妈罗西匆忙张开手臂,呼唤先祖,祈求他们让大家免于复仇与巫术的侵害。

人们战胜了最初的恐惧,向坑里探望。那里堆放着各式前所未见的军火:大炮、机枪、各种步枪和弹药,大部分躺在腐烂的板条箱里。

舅舅穆西西爬上一座白蚁山,居高临下看着人群。他沙哑的声音在寂静中回荡:

"我的兄弟们,我们遭受的事情是可悲的。我们害怕那些为了奴役我们而从远方而来的陌生人吗?其实我们更害怕自己,我们正在失去自己的灵魂。"

这时,我的父亲从人群中站了出来,面对着穆西西。

"我的小舅子,人们渴望和平。"

"渴望和平?那就别管这些藏武器的洞了。如果土地装满武器,那就更好了。步枪比锄头能提供更多的保护。"

"兄弟们,我们回恩科科拉尼……"

"恩科科拉尼已经不属于我们。"

"我的兄弟……"

"不要再叫我兄弟,你是白人的兄弟……"

父亲低下头,但是没有退缩。他还有话要说。他高声说:

"我可以解释现在发生的一切。"

原因很简单:大地是一个子宫。把东西藏在里面,是为了繁殖和再生。当地下存放了武器,大地会认为那是种子,像对待植物一样让它们发芽、繁殖。卡蒂尼·恩桑贝站上一截被砍断的树干摇摇晃晃地说着。

"大地糊涂了,我的兄弟们。"他接着说,"我曾在地下走过,我知道我在说什么。死者告诉我们应该挖出所有武器?我们就应当照做。"

不等听众回应,父亲就爬下了临时的讲演台,消失在人群中。舅舅品

味着对手的退场,任由沉默蔓延。过了一阵,他才再次开口,表明他是一锤定音之人:

"听我的命令:谁也不要再挖坑。谁也不要从随手挖开的坑里取出任何武器。"

穆西西是死者唯一信任的人。他们向他抱怨说自己受到遗忘,无所依靠,恳求不要夺走他们的武器。

"我们得给他们留下武器。"穆西西接着说,"这是他们的请求:原封不动地填好坑。听见了吗?"

在场的人恭敬而沉默地看着地面。我的弟弟穆瓦纳图悄无声息地绕过人群,站在白蚁山旁。此时所有人都意识到穆西西的外甥现在是他的保镖。

"下次战争到来时,死人会是我唯一的军队。你们希望这样吗?"

众人齐声高呼不。我的舅舅深受打动,高举手臂,仿佛一面旗帜,他大声说:"那么,我的兄弟们,我们去葡萄牙人的军营,拿走所有武器。那些武器应该留在我们手里。如果他们不保护我们,我们就得自己动手了。"

CR

返回村子的路上,聚集在广场上的妇女拦住了村民。那群人发出抗议的叫喊。一个最胖的女人首先抱怨:

"现在没有土地给我们耕种了。我们得离开,否则就要饿死。"

"种下的武器太多,雨水和河流里满是铁锈。"另一个说。

"更糟的是,"第三个人吼着,"现在我们连死都不行。我们要埋葬在哪里?"

她们说,神的旨意很明确:除了搬迁,别无他法。在有些地方,人不得不离开土地。在恩科科拉尼，土地抛弃了人。

舅舅穆西西默默听完一切，一把推开面前的女人，激励他的同伴继续前进："我们是女人吗？我们就为了这阵哭哭啼啼、这场乱人心神的话而停滞不前？前进，兄弟们，向军营前进，我们必将夺取属于我们的武器。"

CR

热尔马诺·德·梅洛中士望向广场，看见了欧洲人最怕的景象：地面上生出成千上万全副武装的黑人，如同黑蚁一般，裹挟着狂风骤雨般的愤怒而来。这一幕出现在他蓝色的眼睛之前，因为害怕，那双眼睛陡然变成绿色。军团还在远处，他便匆忙地筑起了防线。他跑到废弃的火药库，取来唯一有用的武器：一把机枪和很多条子弹。他用装子弹的重箱子堵住门，还有窗户。

他又跑回家中，门竟然是开的，他惊讶地发现伊玛尼和意大利女人正在屋里，透过木门看着外面。

"你们看见是什么来了吗？我太不幸了。"

"我是来提醒你的。"我解释道。

"你来晚了，现在只有上帝能救我。在这儿待着不要动。我去里面取《圣经》⋯⋯"

他发疯似的跑进房间，差点踩到母鸡，我还听见他的身体倒地的闷响。我跑了进去。中士绊到了一只在屋里闲晃的山羊。葡萄牙人四肢着地，将鼻子凑近山羊鼻子。这时，他发现羊嘴上粘着白色的糊糊。热尔马诺强行打开这只反刍动物的下巴，一本书皱皱巴巴的残骸落在他的手掌。

"是《圣经》。"他懊恼道，"该死的山羊吃了《圣经》。"

《圣经》被嚼碎了。或者更确切地说，被反刍了。他那么急于寻找的圣言，竟被一只山羊嚼碎了。我在地上搜寻《圣经》的残骸，热尔马诺·德·梅洛匆忙看着窗外。我找回了几页纸,拿到发怔的中士眼前。

"还剩下这些。"我胆怯地说。

湿淋淋的纸掉落在地。军人还是用指尖碰了碰。但是他很快起身,踢了一脚山羊,赶它去外面。就在门口,他开了一枪,打爆了山羊的头。一只犄角猛地飞进屋内,在地上打着转,宛如活物。

中士忙着在窗边架起从军火库拿来的机枪。"让开,你们两个都进房间去。"他以难以认出的声音发出了指令。我没有听他的话。我注意到葡萄牙人上膛的武器对准了正闹哄哄逼近的人群。我还看见弟弟穆瓦纳图的身影出现在人群前面。我喊道:

"热尔马诺中士!不要!"

他没有回答。他把机枪筒对准了我,眼神透露了他的想法。如果我干扰他疯狂的行动,他就会冲我开枪。我从墙上拿下一直挂在那里的马提尼-亨利。当我再次呼唤他的名字,中士开了第一枪。他先侧目瞥了我一眼,接着露出难以置信的表情。他只来得及用双手遮住脸,枪声响起的时候,我的身体惯性地后退,什么也听不见了。

第二十八章
中士的最后一封信

伊尼亚里梅，1895 年 8 月 26 日

尊敬的艾雷斯·德·奥内拉斯中尉：

您一定觉得我的笔迹很奇怪。但是这确实是我，您卑微的奴隶，热尔马诺·德·梅洛中士，写下的信，或者说命人写下的信。笔迹是伊玛尼的，如果后续还有其他信件，也都由我来说她来写。原因很简单：经常侵袭我的恐惧现在变成了现实。我失去了双手，它们被一颗近距离射出的子弹击穿，像天使的翅膀飞走了。向我开火的人就是住在我心里的女人。当我神志不清，陷入失去双手的幻觉时，是她一次又一次归还了我的双手。倘若我能从如此重伤中恢复，我就可以和席尔瓦·马内塔比肩了，这位逃兵后来变成了英雄。或许人们会原谅我的罪过，我还可以骑着马雄赳赳地穿过洛伦索·马贵斯的街道。或许人们会在宫殿广场为我立起雕像。其他雕像现出全身，没有断肢，而它却很不一样。

致命的射击发生后，我失去了意识。清醒后，我发现自己被人抬进了一只宽敞的独木舟。伊玛尼的父亲卡蒂尼和她忠实的弟弟穆瓦纳图，正划着船远离恩科科拉尼。他们和时间赛跑，和水流争渡。比安卡和伊玛尼坐在船后头，忙着护理和照顾我。

我们要去这个地区唯一的医生家，一个叫林姆的瑞士人。医生在伊尼

亚里梅河源头开了一家军事医院,尽管他是葡萄牙人的对头,却是我的最后一线希望。我躺在独木舟之上,皎洁的月光下,我的身旁人影幢幢,有微弱的声音传来,接着渐渐清晰。一个人影时不时凑近我:是比安卡,她给我换下随便包扎的绷带,清洗不忍直视的伤口。河流如一面银色的镜子,那个时刻,河马也已经离开了河水,上岸吃草。

地平线突然出现一道红光:在黑夜腹部的某处,燃起了巨大的篝火。

"我们被发现了。"卡蒂尼说。

篝火是村庄之间的信号,传递白人到来的信息。

"白人,是指我们吗?"我问。

"是的。他们以为这是一艘战船,装着武器……"

后来,我们发现那篝火并非警告。因为接下来,在红色火光的中心,发生了剧烈的爆炸。火焰蹿上高空,照亮了整个平原。独木舟靠岸停下,隐匿在浓密的树丛。这时,比安卡出乎意料地跳上船舷,突然开始在灯火通明的旷野奔跑,就像一只飞蛾,被闪烁不定的光亮吸引。我在船上坐起来,想好好看看那副奇景,同时亲眼见证了比安卡扑向可怕火焰的疯狂行为。我们大叫着请她不要走远,恳求她回来。但是她不停下来,继续疯狂地向前跑。卡蒂尼喊叫着,命他的女儿去追比安卡。

伊玛尼起初犹豫了一会儿,终于向魔怔的意大利女人追去。突然爆发了一声雷鸣般的巨响,一阵旋风裹挟着灰尘和浓烟包围了我们。这时候,一群马突然出现,仿佛从黑夜的腹部跑出来的鬼怪。它们野性十足、漫无目地狂奔,鬃毛染上了火星,双眼在火光的映照下熠熠闪光。它们就像《启示录》里长翼的动物一样在我们面前经过。然后消失不见。过了一阵子,我们依然能够听到马蹄声声,没入了黑暗。

接着我们开始听见人声。有人用葡萄牙语高喊。终于,黑暗中出现了一个军人的身影,他无视我们的存在,忙着在吞噬了受惊的马匹的黑暗中摸索。比安卡女士一动不动地盯着陌生人被照亮的面庞,猛然跪在他的面前，双手合十，仿佛对待一件圣物：

"莫西尼奥长官！我简直不敢相信！"

"你们是谁？"

"我是比安卡，我是为寻你而生的人。"

"这里不是女人该来的地方。你为什么停留在此？"长官问。

我们在远处听着这段令人惊异的对话，时至今日，我仍不敢相信。事实是，莫西尼奥，或者说这位我的同胞，不知是何人，他看了伊玛尼一眼，也许是为那个白人女性的出现寻找一个解释。长官的脸是一副面具：他的肌肉不为忧惧所动。尽管看起来一脸平静，可是伊玛尼说，他的眼神仿佛是野兽看着火焰。片刻后，他不再理睬两个女人，给围在他身边的士兵下令：

"小心周围可能藏着敌人。这火可能是圈套，是该死的瓦图阿人的埋伏。"

浓烈的红光将白人士兵们的脸衬得更加苍白，在黑暗中，他们试图确认内心深深的恐惧。之后，他们匆忙离去，和指挥官一起沉入漆黑的夜色。

比安卡女士仿佛浑身脱力，在伊玛尼的搀扶下回到小船。黑人姑娘听见一位士兵解释之前发生的事情：一场大火摧毁了葡萄牙人的营地，引起军火库爆炸，马全吓跑了。伊玛尼说，火灾再严重，也比不上士兵眼中闪烁的恐惧。那是几个世纪以来的恐惧。他们在每一道身影中都能看到远古的怪物。火势渐渐弱了下去。但是怪物却仍旧吞噬着年轻士兵的灵魂。

比安卡沉默不语，表情呆滞。她听从我们的命令，和我们一起躲在船里。我们继续前进，安静地划桨，以免成为受惊的士兵的目标。他们吓坏了，甚至可能用子弹射穿我们可怜的小船。

我重新躺在冰冷的船里，因疼痛和不安而颤抖。我在马群惊恐的眼神里看见了自己。我的身上奔腾着一条河流，不久，我会沉入浑浊的河底，那里的地面都是水。

第二十九章
水　路

我看过河流：
我看过像世界一样古老，甚至比人类血管中流动的血液更古老
　　的河流。
我的灵魂像河流一样深邃。

［……］

我看过河流：
古老的昏暗的河流。

我的灵魂像河流一样深邃。

（兰斯顿·休斯《黑人谈河流》诗歌节选）

　　我的父亲和弟弟坐在船头，轮流使劲划桨，逆流而上。船肚子里，中士直挺挺地躺着。胳膊余下的部分正包裹在血淋淋的布里面。消失的双手以前只是错觉，如今已成为现实。中士再也看不到自己的手指了。
　　鲜血聚积成了一个水坑，每一滴都落在我的过错之上。我无数次将完

整的身体归还给他,如今他的双手却因我的罪过而消失。

我们身后是意大利女人比安卡。她时不时地解开埋怨不休的中士手臂上的布条,浸入河水中。一道血斑染红了伊尼亚里梅的河水。

"你知道这条河的故事吗?"欧洲女人问我。

没等我回答,她接着说,瓦斯科·达伽马[1]给它起过一个名字,叫作黄铜之河。有人向他密报,在河的南岸,加扎国王埋藏了一大笔黄金。"可是既没有黄铜,也没有黄金:这儿唯一有的是野草和石头。"比安卡说着,然后自言自语:

"为什么我们这么执着于给没有主人的事物起名呢?告诉我,亲爱的:究竟为什么他们管我叫'金手指的女士'?"

我没有再听下去。几个小时前,我冲着中士热尔马诺开了一枪,从那时起,一种感受夺去了我的呼吸,我开始心神不安。我知道那么做是为了救我的弟弟。但是这个理由不足以让我面对印在他脸上的痛苦。从上船开始,我一刻不停地看着他,仿佛我的目光可以安抚他,可以让两个灵魂一起分担他的痛苦。

中士的手臂越来越青紫。那是一种怪异的颜色,点缀着灼伤他的弹药。他的脸上呈现蓝色的色调,仿佛他眼睛的蓝色、皮肤的蓝色和河水的蓝色之间没有界限。男人张着嘴呻吟。意大利女人说他在叫我的名字。我没有理睬。我害怕他求我确认他的手是否还在,现在他终于失去了双手。然而有一刻,我不得不靠近他痛苦的脸。我依稀听见他想给我口述一封信,一封给"尊敬的先生"的急信。

一个非常奇怪的插曲打断了行程。河流的左岸,一场巨大的火灾燃起光和火,将黑夜变成白昼。意大利女人跳下船,突然开始疯狂地奔跑。我去找她的时候,撞上了葡萄牙士兵,他们正在追赶四处逃窜的马群。

---

[1] Vasco da Gamma,1469—1524,葡萄牙航海家。

回到船上，意大利女人躁动不安，不停地重复："我看见他了，我看见了！"我的父亲叫她闭嘴，担心受惊的士兵会把我们当作目标敌人。

我们安静地划船，直到天亮。那件怪事一直让我走神儿。太阳刚刚升起，我的罪恶感重新袭来，不经意间，我的眼泪扑扑簌簌，流淌在脸上。

"不要哭，伊玛尼。"比安卡求我。

"让她哭吧，女士。"父亲打断她，"这些眼泪不是她的。"

比安卡妥协地笑了。她已经清醒过来，仿佛失去了前一天的记忆。只是她更加低落了，动作更加干硬、克制。自从回到船上，从神志不清中苏醒，她的表现确实配得上金手指的诨名：认真地担当护士的角色。她以冷漠的距离感安慰他：

"有两三个手指还有救。"

"拉倒吧，别提手指了。"热尔马诺嘟囔着，"我死了，亲爱的朋友。我已经死了。"

"哎，热尔马诺，你还要给我收尸呢。"

"我喜欢你的口音，比安卡，接着说话，不要停下。"

意大利女人的发音错误令她的葡萄牙语听起来更甜美。她元音发得很开，磨圆了辅音的棱角。她肯定通不过鲁道夫神父的考试。这是明显的双标：白人怎么说话都可以，那是口音。只有我们黑人，不允许有其他口音。讲别人的语言还不够。在别的语言中，我们还必须放弃成为自己。

☙

有很多事情是比安卡不知道的。我父亲说我的眼泪不属于我时，她其实并不明白。那些眼泪属于内心的河流，从我们的眼睛溢出。在恩科科拉尼，我们知道一些无法用别的语言解释的事。比如我们知道我幼小的姐姐们是怎样被洪水带走的。母亲每天夜晚都在哭泣。没有一滴眼泪能将她们带回。母亲哭不动了,便去到所有河流的源头。河流的源头不是一个可以取名字的地方。它是第一个肚腹,到来的人和离去的人蜷缩在这里。所有这一切,意大利女人都不知道。

当比安卡女士在河上旅行时,她看见了时间。在向前的水流中,她注视着那样无法重返的事物。然而对于我们,时间是一滴水:它从云里出生,进入河流和海洋,又在下一场雨里落下。河流的入海口即是海洋的源头。

意大利女人提到了河流的名字。她念名字的时候,我感到很不舒服。因为她说得好像伊尼亚里梅河是她的一样。事实却是,比安卡根本不知道河流是如何诞生的。她忙不迭地为它们取名,却忽略了它们的故事。意大利女人不知道,彼时,万物之初,土地还没有主人,河流和云朵在地下奔涌。恶魔来了,把他的手指插进沙土。他的长指甲在地底搅动,寻找在阳光下闪闪发光的石头。我们的母亲祈求众神保护她们藏在沙土下的星星。她们祈求不要让魔鬼挖出亮晶晶的矿石,不要交给想敛财的人获利。但是魔鬼没有放弃。因为有权有势的人在为他祈祷。他的指甲断了,枯瘦纤长的手指流出了鲜血。第一次有魔鬼染污的血凝结在大地的肚腹里。地下的宝藏受到了诅咒。为了从诅咒中逃脱,云朵和河流离开了地球的肚腹,变成了地球的血管和头发。

这就是河流的故事。人们可以盗取它的水直至干涸,却无法偷走它的故事。现在我明白了:我学习书写,是为了更好地讲述我经历的一切。我可以讲述那些没有文字之人的故事。我会像父亲那样,在尘土和灰烬上写下死者的名字。只为让他们从我们留下的脚印里重生。

离别诡异地缩短了时间。我的十五年在一闪而过的光亮中逝去。我的母亲现在有了一副孩子的躯体。她会越来越小,直到变成一颗果实大小。她告诉我:你在出生前,在看见光以前,就已经见过河流与大海。一样东西从我的身体分裂出来,仿佛知道我再也不会回到恩科科拉尼。